KB149910

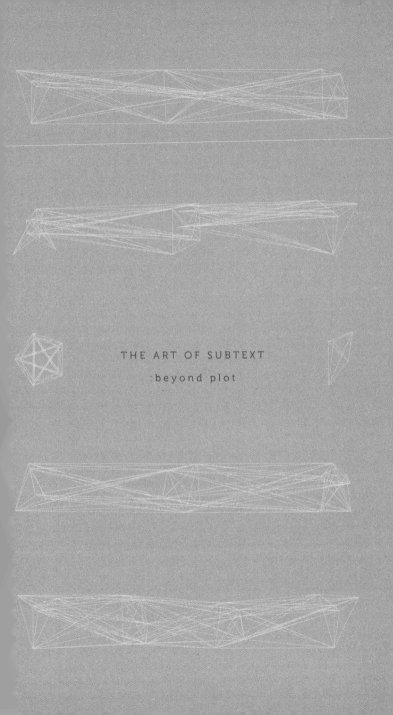

THE ART OF SUBTEXT

:beyond plot

서브텍스트 읽기
: 이야기는 어디에 있는가

찰스 백스터 지음
김영지 옮김

xbooks

제자들에게

일러두기

1 이 책은 Charles Baxter, *The Art of Subtext: Beyond Plot*, Graywolf Press, 2007 을 번역한 것입니다.

2 외래어 표기는 원칙적으로 국립국어원의 〈외래어 표기법〉을 따랐습니다.

3 본문의 모든 주는 옮긴이의 것입니다.

4 본문에서 언급된 책들의 서지정보는 '저자가 이야기하는 책들'로 정리하여 권말에 실었습니다.

5 이 책 서문에서 언급하고 있는 히에로니무스 보스의 작품 「세속적 쾌락의 동산」은 원 서에는 없지만, 참조를 위해 213쪽에 실었습니다.

서문

이 간결한 책은 소설이나 짧은 이야기 안에서 플롯을 넘어서 독자들의 상상력을 끊임없이 자극하는 요소를 살펴본다. 그것은 넌지시 암시되고, 일부만 보이며, 언외의 부분이다. 심리적 문제로 넘쳐흐르는 그 아래의 영역(subterranean)을 대개 이야기의 '서브텍스트'(subtext)라 부른다. 언뜻 보기에 서브텍스트에 대해 논하는 것은 이치에 맞지 않는 일처럼 보인다. 그것은 마치 "보이지 않는 것을 보여 준다"라거나 "생각할 수 없는 것을 생각하는 법을 보여 준다"고 말하는 것과 같기 때문이다.

연출과 서브텍스트 사이에는 어떤 당혹스러움이 존재한다. 작가는 종종 내면의 불분명한 상태를 나타내기 위해 놀랄 만큼 많은 자잘한 장식을, 외면을 표현하는 데 사용해야만 한다. 말로 표현되지 않고 보여지지 않는 것의 존재감이 강할수록 견고하면서도 불안한 세계를 나타내는 불필요한 세부 묘사가 더 많이 필요한 듯 보인다. 표현된 것이 표현되지 않은 것을 떠올리게 하며, 이것은 파티에 참석한 손님들이 참석하지 않은 사람들에 대해 장황하게 얘기하는 것과 같다. 이 같은 맥락에서 '사로잡힌'이라는 단어는 꼭 들어맞는다. 우리를 가장 사로잡는 생각은——그것이 얼마나 망상인지는 몰라도——가장 강렬한 인상을 주는 것이다. 세부 묘사 그 자체는 과소평가할 수 없는 믿음의 무게, 상상력의 무게를 나타낸다. 예를 들어 시각예술 작품인 히에로니무스 보스의 「세속적 쾌락의 동산」(The Garden of Earthly Delights)에 나타난 극도의 세세함을 생각해 보라. 악몽 속의 저 나무 판은 섬뜩한 정밀함으로 완벽하게 완성된다. 작품의 견고함과 재료——검은 광택, 다섯 개의 비대칭적인 모서리, 묵직한 중량——는 신념과 더불어 일종의 내면의 진실을 보여 준다.

소설에서 일부만 보이며 말로 표현되지 않는 서브텍스트적 요소는 행동과 대화가 주제에서 벗어나고, 또 그것이 보여 주는 것 못지않게 다양한 방식으로 암시될 때에 드러난다. 주제에서 벗어난 외관은 독자들을 서브텍스트의 세계로 빠져들게 한다.

눈에 보이지 않는 것에 사로잡힌 그 모호한 영역으로 독자들을 데려가기 위해, 나는 이야기 안에서 서브텍스트가 떠오르는 방식을 설명하고자 노력했다. 등장인물이 극적으로 배치된 상태에서 어떻게 자신들을 드러내는지(「연출의 기술」), 서브텍스트는 어떻게 구성되며 또 어떻게 겉으로 나타나는지(「숨은 의미 찾기」), 사람들이 더는 관심을 기울이지 않는 것에 작가들이 어떻게 관심을 가지는지(「들리지 않는 선율」), 어떻게 어조 변화가 우리를 문자로 표현된 세계에서 은유적이고 암시적인 세계로 이끄는지(「어조와 호흡」), 어떻게 인물들이 외양적인 면에서 평정을 잃는지(「장면 만들기 혹은 소란피우기」), 마지막으로, 가면이 벗겨지거나 배반하는 듯 보일 때 얼굴이 그 아래 감추어진 감정에 대해 어느 정도 믿을 만한 안내자의 역할을 하는지를 이야기했다(「얼굴의 상실」). 실용적인 도움을 찾는 작가들에게 이러한 예들은 시사하는 바가 있을 것이며 운이 좋다면 영감을 줄 수도 있을 것이다.

　대체적으로 나는 대다수의 독자들이 익히 알고 있는 작품을 예로 골랐다. 그리고 비평에 있어서는 대체로 고전적인 방식을 취하고 있다. 나는 예전에 썼던 책 『터전 불태우기』(*Burning Down the House*)에서 확증 없는 일반화와 다소 이치에 맞지 않는 주장을 하면서 수행적 연극의 한 부분을 비평——가장 따분한 예술인 비평——을 통해 다시 소개하려고 혈안이 되어 있었다. 그러나 이 책에서는 탐정 역할을 하며 몇 개의 이야기를 '클로즈 리딩'을 통해 소개하는 편이 적합하다고 판단했다. 클로즈 리딩은 서브텍스트에 의해 사로잡힌 이야기의 원문(text)을 논의하는 데 있어 당연한 것으로 느껴졌다.

이 책을 비밀의 문, 숨겨진 계단, 공들여 감춘 지하 동굴, 그리고 그 아래에서 신음하는 유령을 찾아서 돋보기를 들고 자세히 관찰하는 사립 탐정의 보고서로 생각했으면 좋겠다.

목차

1. 연출의 기술

책은 가끔 아주 야릇한 방식으로 수중에 떨어진다. 특정 문학 작품과의 만남은 우연처럼 보이지만 실제로는 그렇지 않으며 어떤 기이한 인연으로 마주치게 된다. 예를 들어 베르나르도 아차가(Bernardo Atxaga)의 소설 『오바바 마을 이야기』(*Obabakoak*)는 어느 늦은 밤 바르셀로나의 레스토랑에서 상당한 양의 와인을 마시며 잡담을 하고 나서 분위기가 무르익었을 때 추천받은 책이다. 나는 이 유별난 제목을 와인으로 젖은 종이에 받아 적고는 지갑 안에 넣어 두었다. 그 후 한 달가량 지갑에서 돈이나 신분증을 꺼낼 때마다 "오바바코아크"라는 발음하기 힘든 수수께끼 같은 글자가 쓰인 종이가 바닥에 떨어졌다. 여전히 와인 향기를 머금고 있는 그 쪽지를 나는 몇 번이나 주워들어 다시 지갑에 넣고는 했다. 미국에서는 절판된 그 책을 인터넷을 한참 뒤져 구입하고 얼마 지나지 않아 종이쪽지는 자신의 의무를 다한 듯 자취를 감추었다.

『오바바 마을 이야기』는 경탄할 만큼 독특한 소설이다. 원래 바스크어로 쓰인 이 소설은 1988년 출판된 후 작가가 스페인어로 번역했으며, 이 스페인 판을 마거릿 줄 코스타(Margaret Jull Costa)가 영어로 번역하여 1992년 미국 판티온 출판사에서 출간되었다. 하지만 얼마되지 않아서 절판되었다. 이것이 바로 상세하고 건조한 유머와 억제된 말투(이 책에는 「표절은 어떻게 해야 하는가?」라는 장도 있다)를 주특기로 하는 작품들이 미국의 문학 시장에서 겪는 험난한 여정이다. 『오바바 마을 이야기』는 바스크 지방의 오바바라는 마을에서 일어나는 이야기란 뜻으로 첫 머리에서 에스테반 웨르펠이라는 인물을 소개하고 있다. 그리고 같은 단락에서 에스테반은 자신이 글을 쓰는 서재를 소개한다. 그는 문학에 밝고 문학을 좋아하는 사람의 전형으로, 가죽으로 장정된 1만 2천 권의 책에 둘러싸여 있다. 개중에는 자신이 구입한 책도, 아버지의 것도 있다.

이 서재에는 그 많은 책과 함께 창문이 하나 있다.

… 글을 쓰는 동안 그 창문을 통해 에스테반 웨르펠은 하늘과 버드나무 숲, 그리고 도시에서 가장 큰 공원의 호수와 그

곳에 백조를 위해 지은 조그마한 집을 볼 수 있었다. 창문은 그의 고독을 그다지 방해하지 않으면서 책을 둘러싸고 있는 어둠 속으로 침투했고, 혼자 사는 방법을 전혀 배운 적이 없는 사람들에게 종종 환영을 일으키는 다른 종류의 어둠을 누그러뜨렸다.

에스테반의 내면은 그가 앉아 있는 서재처럼 고유하다. 그리고 그 둘은 정확히 같다. 위의 장면은 서로를 보완하는 두 가지의 어둠을 포함하고 있다. 하나는 비은유적 어둠이며, 다른 하나는 에스테반 웨르펠이 스스로 부과한 상상이 만들어 내는 가공의 정신세계로, 그가 "혼자 사는 법을 전혀 배운 적이 없는 사람들"과 공유하는 "다른 종류의 어둠"이다. 고독에게 초대를 받은 상상의 친구들이 만드는 공동체, 이는 감정과 경험적 지식이 만나는 무대로 대부분의 작가나 독자에게 익숙할 것이다. 글자 그대로 창문은, 글자 그대로의 어둠으로 "침투"하며, 버드나무 숲, 호수, 백조가 살고 있는 집의 광경은 에스테판의 고립감은 건드리지 않은 채 영혼을 편하게 한다. 버드나무 숲, 호수, 백조의 집은, 현실에 고립된 죄수의 변변찮은 한 끼 식사를 구성한다(오르한 파묵은 노벨 문학상 수상소감에서 에스테반의 서재와 같은 방은 세상 모든 작가들이 공유하는 것이라 주장하기도 했다).

에스테반의 서재는 전형적인 울타리(enclosure)로 끊임없이 상상력을 자극하는 역할을 한다. 이 같은 장소는 정신적, 물리적 장소일 수도 있고 혹은 둘 다일 수도 있다. 알프레드 테니슨 경의 샬럿의 여인(Lady of Shalott)은 거울에 비친 그림자에 염증을 느껴 거울을 깨뜨리고 사실상 빅토리아 시대의 좀비가 되어 방황하다가 익사할 때까지 그와 같은 장소에서 살았다. 출처는 불분명하지만 발자크는 책상에 자신을 묶었다고 전해지고, 마르셀 프루스트는 코르크로 밀폐한 방에, 찬도스 경(Lord Chandos)은 자신의 성에, 보르헤스는 자신의 서재에, 에밀리 디킨스는 덧문으로 차단된 곳에 자신을 고립시켰으며, 플라톤의 동굴 거주자들을 포함한 이들 모두는 상상력이 분출될 수밖에 없는 상황에 속박되어 있었다.

플라톤의 동굴 역시 보이는 세계에 대한 우화로서, 일종의 울타리라 할 수 있다. 벽에 비친 그림자에 수용적인 상상력이 불려나와 서사를 만들어 내게 하는 울타리 말이다. 플라톤의 동굴은 예술 자체에 대한 비난이다. 그는 기본적으로 예술은 철학의 사악한 쌍둥이라 여겨 믿지 않았고, 이에 대해 『국가론』 3부에서 아주 자세히 설명하고 있다. 하지만 의도하지 않은 극적 아이러니를 통해 플라톤의 동굴에서 예술은 위안과 보상의 형태로 표현된다. 현실 세계에는 우리를 유의미한 꿈의 대안 세계로 이끄는 통로가 있다. '플라톤의 동굴' —— 내가 알고 있는 영화인 모임은 이 이름을 사용하고 있으며 최근에는 같은 이름을 사용하는 문신 가게도 보았다 —— 은 상상력에 바쳐진 첫 번째 지하세계였다. 전적으로 우연은 아니지만 그의 동굴은 극장과 닮아 있다.

외부 세계를 향해 고정된 창문 하나와 책을 벽삼아 고립시킨 작가 정신의 형상에서 베르나르도 아차가의 소설은 시작되고 있으며, 그것은 글자 그대로의 것과 연상되는 것, 즉 텍스트와 서브텍스트를 명확하게 나누는 훌륭한 예가 된다. 아차가는 한 남자와 그의 삶의 한 준비단계를 소개하고 있으며, 동시에 스스로를 가두고 책에 헌신한 보상도 같이 보여 주고 있다. 외부와 내부, 대상과 비유는 상호적인 면이 있다. 대상을 묘사하는 일 —— 나는 이것을 회화주의(pictorialism)라고 부른다 —— 은 내면적 삶으로 이어지는 하나의 우회로이고, 여기에서 영혼 세계와 물질 세계의 구분은 서서히 허물어진다.

이것은 몽환적인 그림 —— 예를 들면 조르조 데 키리코, 르네 마그리트, 막스 에른스트의 작품 —— 또한 기이하고 불필요해 보이는 디테일이 쌓여 있다고 말하는 것과 같으며, 그것은 오랫동안 고정되어 방향을 바꾸기에는 위험한 만성적 고착상태와도 같다. 어떤 건 얼음처럼 굳어져 있다.

에스테반의 서재와 소설 『오바바 마을 이야기』는 외부 세계와의 단절을 의미하는 동시에 창, 지하 감옥, 탈출구이기도 하다. 그래서 그 방은 아직 완전 봉쇄된 것은 아니다. 영사기에서 흘러나오는 빛처럼, 불빛이 창을 통해 흘러들어온다. 독자들은 백조를 볼 수 없지만, 백조가 쉴 수 있는 공간이 있다는 작가의 말을 통해 백조가 있다는 사실을 알 수 있으며 이와 같은 함축성은 소설 전반에 걸쳐 나타난다.

　이 단락은 독자들로 하여금 창의력이 풍부한 공상의 세계로 이끌지만, 소설이 두 가지 언어를 거쳐 번역되었기 때문에 미국 독자들은 작가의 의도를 추정할 수밖에 없다.

　그럼에도 불구하고 이 단락을 읽으면 금세 그 인상적인 연출에 놀라게 된다. 책을 읽으면서 나는 내가 어디에 있는지, 주인공이 어디에 앉아 있는지 식별할 수 있었다. 또 그가 처해 있는 상황과 감정적 단면에 대해서도 알게 되었다. 흥분과 만족감으로 나는 그 서재를, 그리고 그것이 만들어 낸 비유를 알아보았다. 그리고 에스테반의 이야기가 그림자를 실재로 착각하는 것과 관련이 있다는 의심이 일었는데, 실패한 이상주의자 주인공을 통해 그 의심은 틀리지 않다는 사실을 알 수 있다. 작가는 이렇게 서브텍스트를 조심스럽게 불러내는 과정에서(심리상태를 반영하는 장소와 물체를 상세히 기술하면서) 말하자면, 내면 공간을 창조하는 방법에 대해 하나씩 배울 수 있을 것이다.

　이 단락을 처음 읽었을 때 나 자신도 지하의 창문 없는 방에 있었다. 애초에 내가 알지 못하는 바스크 언어로 쓰였을지라도 나는 에스테반의 무대를 잘 알고 있다. 지금 글을 쓰고 있는 이 방도 에스테반의 무대와 비슷하다. 사방은 책으로 들어차 있다 ("고립되어 있다"라는 표현이 차라리 맞을까?). 이곳으로 들어오는 자연광은 천장의 한 부분뿐인데 "무도회장 유리창"——위층 바닥의 유리——이 면적의 사분의 삼을 차지하고 있으며, 낮 동안 두세 시간씩 위층 창문을 통해 햇빛이 스며든다. 하지만 이것도 한여름뿐이다. 이곳은 내 궁전이고, 내 감옥이고, 내 서재이고, 내 제국이고, 내 소굴이며, 내가 연출하는 나만의 무대이다. 이 방은.

¤

소설과 관련해 '연출'(staging)이라는 용어를 사용하는 것은 초보자의 실수처럼 보일지도 모르겠다. 연출이 연극 무대에만 국한된다는 생각도 정당한 것 같다. 십여 권의 훌륭한 소설을 쓴 작가인, 똑똑하고 지적인 친구에게 내가 연출에 대한 책을 쓰고 있다고 하자 그녀는 "'연출'이 뭐야?"라고 묻는 답장을 보내왔다.

그래서 나는 다음 편지에, 저녁이 끝나갈 즈음 아래층 복도 한복판에서 게이브리엘 콘로이가 그레타 콘로이를 넋을 잃고 바라보는 동안, 그레타 콘로이는 층계참에서 바텔 다시가 「오림의 처녀」라는 노래를 들으며 얼어붙어 있는 장면을 인용해 적었다. 게이브리엘은 관찰하고, 그레타는 귀를 기울이고 있으며, 암시를 통해 바텔 다시는 무대 밖에서 노래를 부르고 있음을 알 수 있다. 등장인물들은 자신들의 자리에 고정되어 있다. 게이브리엘을 향한 독자들의 관심까지 포함한다면 이 부분에는 네 가지 주목할 만한 행동이 서로 엮여 있으며, 그 관심은 계단을 따라 올라가며 계속된다. 제임스 조이스의 「죽은 사람들」(The Dead)의 거의 끝부분인 이 순간은 대단히 극적이지만, 그 모든 드라마는 아주 정적으로 흘러간다.

소설에서 연출은 어떤 장면이나 무대에 등장인물들을 전략적인 곳에 배치시켜 글로 표현되지 않은 미묘한 차이가 드러날 수 있게 한다. 연출은 등장인물들이 서로 얼마나 가까이 있는지, 떨어져 있는지, 혹은 극적으로 강조가 필요한 장면에서 어떤 특정한 자세를 취할지, 얼굴 표정이 어떠할지, 인물들이 정확히 어떤 말을 할지, 안팎에 어떤 소도구를 설치할지를 포함할 수 있다. 극단적 상세묘사는 연출의 지표가 되기도 한다. 영화감독이 등장인물들의 움직임을 스케치하듯이, 연출은 작가들에게 등장인물들을 연출하게 한다. 연출이란 **극적인 상황이 고조되고 언어로 표현된 것이 언어 외적인 것으로 도피할 때** 장면 속에 암시된 아주 상세한 묘사라고도 말할 수 있다. 그것은 인물들이 어떻게 행동하고 또 등장인물들이 무엇을 **말할 수 있는지** 보여 줌으로써 무엇을 말할 수 없는지를 보여 준다. 연출은 에스테반의 서재가 그의 영혼을 보여 주듯이 독자로 하여금 인물의 마음속 깊숙한 곳을 엿볼 수 있게 한다. 다른 상황이었다면 설명되지 않는 것을 이끌어낼 때의 행동과 상태의 시적 감흥이 바로 연출이라고 주장할 수도 있을 것이다.

¤

나는 오랫동안 공항이나 비행기에서 독서하는 광경에 대해 의문을 가져 왔다. 비행기를 타기 전이나 비행기 안에서 많은 사람들이 독서를 한다는 점에 특별히 의문을 가지지는 않았지만, 그들이 읽는 책의 종류가 제한적이라는 점은 늘 이해가 되지 않았다. 기내의 복도를 다녀 보면 거의 모든 경우 남자들은 톰 클랜시, 여자들은 다니엘 스틸의 소설을 웅크리고 앉아 읽는 모습을 볼 수 있을 것이다. 어느 정도 과장을 섞긴 했지만, 그렇다고 해서 터무니없을 정도는 아닐 것이다.[*]

기술기반 정치스릴러(techno-political thriller)와 연애소설은

---

[*] 톰 클랜시는 정치스릴러를 많이 썼고, 『붉은 10월』이나 『패트리어트 게임』 외 다수의 작품이 영화화되었다. 다니엘 스틸은 미국의 베스트셀러 작가로, 위기를 맞은 가족과 인간관계에 대한 이야기에 대한 소설을 주로 썼다. 각각 정치스릴러와 연애소설의 대표작가다.

유형물(material objects)과 관련한 절차상 문제에 중점을 둔다는 점에서 비슷하다. 하지만 그것이 내가 정의하는 '연출'이라고 말하기는 어렵다. 이런 종류의 소설은 극적 장치를 이용해 등장인물의 특징과 내면을 밝히는 데 사실상 전혀 관심이 없기 때문이다. 그 대신 인물 자체를 축소시키려는 의도로 그를 둘러싸고 있는 물적 조건에 대해서는 양적으로 과도하게 묘사하곤 한다.

톰 클랜시의 소설은 독자들에게 군사용 장비, 민간인 및 군인의 위계질서에 대해 세세히 묘사하며, 어디로 튈지 모를 인물이 플롯을 이끌어 간다. 그리고 이 예측불허의 인물은 언제나 평지풍파를 일으키는 역할을 맡는다. 모든 장면에서 등장인물은 재빨리 소개하고 넘어가 버리는 반면 군사 장비의 특징은 **장황하게** 묘사한다. 이런 종류의 소설에서 인간은 황당하리만큼 쉽게 요약될 수 있다. 그들에게는 역할이 있고, 그것을 잘 수행하거나 혹은 신통찮게 수행한다(하지만 편리하게도 영혼은 없다). 그와는 대조적으로 기계 장비는 상상이 불가능할 정도로 복잡해서 상당히 요란하게 묘사된다. 사실 기계장비는, 대개 인물에게서 부족한 성적 매력을 대신 떠맡는다. 마지막 남은 불확실한 요소는 플롯의 결말이지, 예측하지 못했던 인간의 본성에 대한 것은 아니다. 이런 종류의 소설은 주로 새로운 수단을 통해 상황을 통제한 뒤 원상 복귀하는 것으로 끝난다.

이와 비슷하게 연애소설에서 이국적인 장소와 물질적 부의 상세한 묘사는 독자들이 결국에는 특정 인물이 누구와 맺어져야 유익한지를 알게 한다. 기술-정치스릴러소설에서 기계 장비에 쏟는 상상력은 연애소설에서는 의복, 성적 매력, 장신구, 가진 자의 우월성, 장소(이국적일수록 좋다), 물질적 상징물, 그리고 생활양식에 발휘된다. 무너진 사회적 위계질서는 결혼이나 교활한 밀통으로 해결될 수 있다. 한때 신비하고 위험하다고 생각되었던 남자들은 섹스나 가족에 대한 애정과 유대를 통해 이해되고 길들여진다. 이 같은 소설은 일반적으로 결혼으로 매듭지어지거나, 위협적인 여성을 보통은 공동묘지 같은 눈에 띄지 않는 곳으로 추방하는 것으로 끝이 난다.

두 종류의 소설 모두 인간의 본성에 관해 숨김없이 터놓고 이야기하지만 정치스릴러소설보다는 연애소설에서 좀 더 복잡하게 묘사되며, 이는 꼭 소설의 결말에서야 밝혀지곤 한다. **물질**이 찬양되면서 독특한 분위기를 자아내는데, 물건이 발산하는 그 독특한 기운은 물질주의가 분주히 작용하고 있다는 확실한 증거이겠다. 두 장르 모두 미스터리한 문제나 이해할 수 없는 현상은 절대 다루지 않는다. 해야 할 말은 모두 할 수 있고 또 말해질 것이다. 결과적으로 이러한 종류의 소설은 상상력을 발휘해 이야기를 재구성할 여지를 남기지 않는다. 그리고 가치가 있다고 여기는 대상에 대한 물질적 이해력을 표현하거나 구애, 마티니 만들기, 어뢰 발사 등 격식을 따지는 테크닉의 매력을 과장하여 묘사하는 데 관대하다.

정치스릴러와 연애소설은 상상력을 자극하기보다는 상상력의 해독제 역할을 한다. 그렇기 때문에 공항이나 비행기에서 읽기에 적합하다. 두 소설은 모두 상상력이 들어갈 여지를 주지 않은 채 상세히 묘사하면서 상상력을 효과적으로 차단한다. 정신 혹은 영혼에 관해서는 모호하다는 이유로 다루지 않는다. 대중소설은 상상력을 막아 사색할 능력을 줄임으로써 불안한 승객들에게 실질적인 도움을 준다. 대부분의 경우 나 자신을 비롯한 탑승객들은 추론에 근거한 생각을 전혀 하고 싶지 않을 것인데, 비행기가 난기류를 만나 스낵카트를 치우고 안전벨트를 매야 하는 상황에서 위대한 시를 읽기란 사실상 불가능하기 때문이다. 라이너 마리아 릴케의 「오르페우스에게 바치는 소네트」로 불안감을 가중시키지 않더라도 비행기 여행은 그 자체로 불안한 요소가 있다.

정치스릴러소설과 연애소설은 모두 미국문화의 어떤 특징을 보여 주는 복제품이라고 생각할 수 있다. 로버트 하스는 물질적인 것과 내면의 분리는 로버트 블라이**가 수십 년 전에 모

** 로버트 블라이(Robert Bly); 자연세계와 환상, 비이성의 경계에 있는 것들을 주제로 써온 미국의 시인. 편집자이자 번역가로 활동하며 잘 알려지지 않은 유럽과 남아메리카의 시인들을 소개하며 미국의 시 시계에 깊은 영향을 끼쳤다.

더니즘에 반대하며 계속해 왔던 논쟁의 쟁점을 명확히 한다고 지적한 바 있다. 블라이는 깊은 시상(詩想)에 관해서 영혼을 추구하며 물질적 삶을 표현하지 않아야 한다는 쪽이었다. 따라서 내용면에서 일종의 양극화가 제안되었다. 대중소설에서 물질적인 집착과 정신 혹은 영혼에 대한 불신은 모든 것에 가치를 부여하지만, 에스테반 웨르펠 같은 인물이나 그의 서재, 그리고 베르나르도 아차가의 『오바바 마을 이야기』 자체는 아무 역할도, 가치도 부여하지 않는 모호한 상황을 만든다. 불신과 인용부호로 평가되는 영혼 혹은 "그 영혼"은 알려진 거처도 피난처도 없다. 물질적인 강조라는 특정한 형태 안에서 대중소설은 마네킹적 묘사라는 방법을 쓰며 인간의 복잡성이나 영혼과 관련된 의문점은 오로지 모두 쉽게 공감할 수 있는 방식에 의존한다.

물질과 행위가 정신으로 가는 경로를 만들 때, 즉 인물의 내면을 보여 주는 길을 만들 때, 독자들은 내가 여기서 정의하려는 '연출'이 무엇인지 알 수 있을 것이다. 이는 구체적으로 표현할 수 있는 것과 표현할 수 없는 것 사이의 균형을 뜻하며 이 둘은 완전히 상보적이다. 연출은 어떤 면에서 물리적인 과장과는 결코 양립할 수 없지만 시와는 양립할 수 있다. 연출은 우리가 은밀한 몸짓을 극적으로 표현하는 과정을 통해 미스터리를 시사한다.

시의 서술적 장치에 반대하는 동시대의 반응은 너무 적대적이어서 연출을 시와 연관시키는 일은 본질적으로 승산이 없는 싸움인 것 같다. 게다가 꽤 어리석은 일일 수도 있다. 그렇기는 하지만 일부 위대한 시인들은 때로 언외(unspoken)의 연출 방식을 사용했으며 그 탁월한 예는 말할 것도 없이 존 밀턴의 서사시 『실낙원』이 될 것이다. 이따금, 극시를 잊히지 않도록 만드는 서사 효과는 너무나도 명확하지 않은 행동을 이상심리와 더불어 자세히 들여다볼 때 생긴다. 행위를 묘사하는 데 있어 몇몇 서정시인들은 상처 입은 자아가 속한 가정이라는 무대를 아주 적절하게 연출한다. 로버트 프로스트는 그 한 예로, 그는 자신이 속했던 시대 대부분의 소설가보다 나은 가정 심리학자였으며 가정문제 전문 작가였다. 야만적인 가정불화는 그에게 있어 자양분과도 같았다.

예를 들어 인상적인 첫부분으로 유명한 프로스트의 「가족의 매장」을 살펴보자. 이 시의 구절을, 몸짓만으로 인물들의 내면에 숨어 있던 감정을 갑자기 표출되도록 구성한 일련의 연출법이라고 생각해 보자. 시는 독자들에게 하나의 플롯을 제공하고 나서는 서둘러 상세한 묘사로 넘어간다.

그는 그녀가 보기 전에

계단 밑에서 그녀를 보았다.

그녀는 두려움으로 뒤돌아보며

계단을 내려오려던 참이었다.

주저하면서 한 발을 떼다가 말았고

몸을 세우고 다시 쳐다보았다.

그는 말을 하면서 그녀 쪽으로 향했다.

"그곳에서 늘 보는 것이 무엇이오,

알고 싶군."

그 말에 그녀는 돌아서서 치마폭에 주저앉았고

두려움은 무덤으로 바뀌었다.

"당신이 보는 게 무엇이오."

그는 시간을 벌려고 말을 하면서 그녀가

움츠러들 때까지 계단을 올라갔다.

"이제 알아야겠어 ―여보, 말을 해봐."

그녀는 도움을 거부하고 꼼짝도 하지 않은 채

자세를 누그러뜨리고 침묵을 지켰다.

그녀는 그가 보지 못할 것이라 생각하며

보게 내버려 두었다.

눈먼 인간― 참으로 그는 한동안 보지 못했다.

그렇지만 마침내 중얼거렸다. "아." 그리고 다시 한 번 "아."

이 시는 오래 함께한 부부라면 다수 공감할 가정사의 한 장면을 훌륭하게—그리고 신랄하게—묘사하고 있다. 여기서 아내 에이미와 그녀의 남편이 말하지 못하거나 혹은 서로 간에 말하지 않을 것, 하지만 무대 뒤에서는 실제로 말하는 것이라는 측면에서 연출의 거의 모든 장치를 명확히 볼 수 있다. 행동이 언어보다 더 강하게 말하는 것이 아니라 행동이 언어를 대신해 말하고 있는 것이다.

이 시의 장면은 두 인물이 물리적으로 피해갈 수 없는 비좁은 장소에서 시작되며, 이는 인물을 어떻게 배치할지 신경써야 하는 작가에게 늘 유리하기 때문에 작가들은 협소한 공간으로 인물들을 밀어 넣는다. 프로스트는 에이미가 계단 위쪽에 위치하며 남편보다 높은 곳에 있음을 보여 준다. 그곳은 에이미가 선호하는 곳이기는 하지만 자신이 남편을 보기 전에 남편이 그녀를 먼저 보았다는 사실 때문에 그녀는 마음이 혼란스럽다. 그러므로 물리적 연출은 에이미에게 남편을 내려다볼 수 있다는 이점을 주지만, 그녀가 안 보는 사이 남편이 그녀를 볼 수 있다는 점은 남편에게도 마찬가지로 이점을 주는데, 특히 남편이 무감각하다고 여겨지는 두 가지 영역에서 그렇다. 첫째는 그가 보고 있는 것을 표명하는 것, 다른 하나는 그 타이밍이다.

이 시의 문체는 세 번째 행에서 에이미의 표정 — 이 장면은 원래 남편의 시점이다 — 에 '두려움'이 뚜렷이 드러나기까지 단호히 구체적이며, 또한 그녀가 주저하면서 계단을 내려오다가 제자리로 다시 돌아가는 산만한 행위에서도 명확한 구체성을 보여 준다. 에이미에게 영향을 미치고 있는 감정 —— 그녀의 두려움 —— 은 그녀의 표정과 행동으로 추정할 수 있다. 헤밍웨이의 소설과 같은 방식으로 프로스트는 구체성을 이용해 두 등장인물이 어느 방향을 보고 있으며, 또 그 방향성은 등장인물들이 말로 표현하지 않는 생각을 반영하고 있음을 보여 준다. 두 사람이 서로 직접 말하기를 거부한다는 점은 고통의 원인과 남편에 대한 아내의 경멸과 두려움을 동시에 나타내고 있다.

시는 남편이 말문을 열면서 "그녀 쪽으로 향했다"고 서술하고 있는데, 이렇게 말과 행동을 동시에 한다는 것 자체가 위협으로 보인다. 그것은 마치 남편이 자신의 말을 먹혀들게 하고 아내를 압도해서 어떤 답변이라도 얻어내려 둔하고 큰 몸집을 이용해야만 하는 것 같다. 질문이라기보다는 요구에 가까운 남편의 질문에 뒤이어, 시는 즉각 아내가 반응하면서 주저앉는 장면으로 넘어가는데, 그 행위는 남편이 다가오는 것을 막고 그녀가 계단에서 계속 유리한 위치를 차지할 수 있게 남편을 지체시킨다. 아내는 이 시점에서 아무 말도 하지 않는다. 아내에게 던졌던 질문이라기보다는 **남편**이 자기 자신에게 한 말인 듯 남편의 질문에 침묵으로 답한다. 침묵은 대답할 가치가 없는 질문임을 암시한다. 그녀의 표정 —— 프로스트는 반응하는 표정을 묘사하는 데 그다지 능하지 않다. 하지만 그에 맞지 않게 흥미를 보인 적이 있었다── 은 "두려움에서 무딤"으로 바뀌며, 대부분의 독자는 에이미가 자신이 결혼한 남편의 아둔함에 부합하는 표정을 전에도 이같이 여러 번 지어 보인 적이 있다고 짐작할 것이다.

아내의 전략적인 침묵과 주저앉은 행위로 당혹스러워진 남편은 "시간을 벌려고" 재차 질문을 한다. 그러나 그 질문은 같지 않다. 싸움에 있어 가장 중요한 것은 타이밍이 아니던가. 남편은 생각을 재정비할 시간이 필요하다. 그동안 그는 자신의 육체적 존재감을 이용해 아내가 앉아 있는 곳으로 바짝 다가가 "그녀가 움츠러들게" 한다. 그녀는 이제 자신이 차지하고 있던 위치에 대한 이점을 잃었다. 아주 협소한 장소와 원망스러운 침묵을 다루는 시에서 프로스트는, 물리적 공간에서 두 사람의 위치를 정확히 보여 주고, 또 두 사람이 표현 형식을 만들어 가는 방식을 보여 준다. 표현 형식은 부부가 분담하는 사적인 몸짓을 의미하며, 여자는 수동적이지만 암묵적으로 우월감을 가지고·반응하며 남자는 힘차고 활동적이지만 말주변이 없고 열등하며 겉보기에 무감각한 역할을 맡고 있다.

"자세를 누그러뜨리고"의 구절은 더욱 구체적이며, 아내가 남편에게 표하는 익숙한 몸짓으로 내 생각엔 "창문을 올려다보라"라는 의미인 것 같다. 아내는 고개를 끄덕이고 있으며, 다시 말하자면, 창문 쪽을 가리키고 있다. 그가 의미를 이해할 것이라고 그녀가 믿는지는 알 수 없다. 그러므로 이는 두 사람 간에 오래되고도 고통스러운 과거가 있음을 암시한다. 하지만 놀랍게도 남편은 그 의미를 이해한다. 어쩌면 아내가 생각하는 만큼 남편이 둔하지 않을지도 모른다. 그 사이 시점은 아내에게로 옮겨가면서 남편을 "눈먼 인간"(blind creature)이라 여기는 아내의 견해를 시상에서 묘사할 수 있게 연출한다. 이제 남편의 행동은 그녀가 생각하는 남편에 대한 추정을 단호히 반박한다. 명백히 그녀는 남편의 "보지 못함"(blindness)에 대해 잘못 알고 있었다. 그는 볼 수도 있고 관찰할 수도 있다. "보다"라는 단어는, 행의 마지막에 배치되면서 이 구절에서 세 번 강조되고 있다. 남편이 위쪽을 응시할 때, 남편은 "아"라고 한 번이 아니고 두 번 탄식하는데, 첫 번째는 가족의 묘지가 창문밖에 있음을 인식하는 것이고, 두 번째는 아들이 그곳에 있음을 의미한다. 그리고 바로 이것이 아내가 침묵하고 있는 이유이다.

아들의 죽음과 관련된 어떤 이유 때문에 아내는 남편을 원망하고 있는 것이다. 남편은 이유가 무엇인지 생각해 보았으며 그것을 쓰라린 상처로 여기고 있을지도 모른다. 이 장면의 구절을 읽을 때 두 번째 "아"라는 감탄은 첫 번째보다 더 은밀하고 낮은 탄식으로 느껴진다. 이중적 깨달음은 이 이중적 감탄사로 표시되며, 이는 아주 짧은 순간의 고통스러운 인식을 나타낸다. 이것은 또한 두 사람을 괴롭히는 것이 무엇인지 알려주는데 그것은 존재하지 않는 아들의 영혼과 육체이다. 이 부분은 마치 고딕 소설의 한 요소가 시(詩) 안으로 들어와 가정불화로 바뀐 것만 같다. 이 같은 고딕적 요소는 프로스트의 시 대부분에서 나타나며 「산골 아낙네」(The Hill Wife)와 「두 명의 마녀」(Two Witches)에서 가장 두드러진다. 많은 작품에서 나타나는 기묘하고 삐거덕거리는 유령의 집 같은 분위기로 인해 이들은 공포 시(horror-poetry)라는 생소한 범주에 들어간다.

현실에서 이 장면을 재연한다고 하면 아마 25초 정도 걸릴 것이다. 하지만 프로스트는 장면이 암시하고 있는 부분까지 범위를 확장해 세세히 묘사하고 있어서, 스스로 문제를 해결할 수 없거나 고뇌를 외부로 표출하지 못하게 해 고통이 끝없이 반복될 것처럼 그리고 있다. 정신적으로 큰 충격을 받은 부부에게 죽음은 마음 깊이 각인되어서 마치 끊임 없이 되풀이되는 강박관념에 사로잡힌 것처럼 공들여 묘사한 몸짓을 통해 다시 재연된다.

이 장면 전체는 보이지 않거나 제대로 표현할 수 없는 것에 관한 것이다. 부부의 모든 행위는 서로에게 결여된 것을 가리키고 있으며, 그 차이는 적의와 분노에 불꽃을 일으킨다. 이 두 사람은 적절한 말이 무엇인지 미처 알지도 못한 채, 다시 말하자면 언쟁을 왜 하는지도 모른 채 서로 통로를 막고 격렬한 논쟁을 벌이는 여느 부부나 연인일 수도 있다. 그들은 아무 준비도 없이 언쟁을 시작하고 또 그 때문에 자신들의 말과 행동에 당황한다. 몇 번을 다시 읽어도 이 장면은 긴장감이 생생한데, 어쩌면 두 사람이 시간을 초월해 언쟁을 끝없이 계속할 것만 같아서 그런 느낌이 드는지도 모르겠다.

등장인물들의 내면에 대한 프로스트의 헌신은 이 시에서 차분하면서도 과도한 구체성을 통해 명확하게 드러난다. 프로스트는 강박이 작품의 주제일 때 늘 유별난 인내심을 발휘한다. 「가족의 매장」은 시의 도입부부터 화려한 추상성을 단념하고 강박적으로 문자 그대로를 통해서 영혼의 은밀한 방에 다다른다. 그 방의 문은 누구에게나 명백하다. 하지만 그 문을 어떻게 열어야 하는지는 그렇게 명백하지 않다. 묘하게도 그 문을 열기 위해서는 종종 짧지만 함축성 있게 말하거나 입이 무거운 누군가가 필요한데, 그 사람은 직설적으로 문제의 핵심으로 가기를 거부하고 고통을 늘여 그 방에 도달하게 만든다.

이러한 요소는 우리 시대의 단편 작가 리처드 바우시의 작품에서도 찾아볼 수 있다. 아름답고 고뇌에 찬 그의 소설은 사람들이 그저 자신들의 문제점을 설득력 있고 유창하게 **말한다면** 그것 자체로 문제가 해결될 것이라는 뻔한 소리에 맞선다. 바우시의 작품은 먼저 치사량이 넘는 독이 문제를 일으키듯, 말하기(talking)는 문제를 악화시켜 말 그 자체가 문제가 되고 만다. 대화(dialogue)는 사람들을 화합시키기는커녕 서로 다른 점을 규정하고 그것을 고착화하는 경향이 있다. 바우시의 등장인물들은 말이 많음에도 불구하고 진정 원하는 것을 말할 수 없다. 자신의 내면을 관찰하고 분석하는 자기 성찰에는 늘 탈선 방지용 가드레일이 있는 것이다. 그래서 바우시의 작품 가운데 다수는 두 가지의 이야기로 구성되는데, 하나는 현재진행 중인 이야기이며, 다른 하나는 손에 미치지 않으며 어떤 경우에도 직접적으로 다루기에는 너무 불안정하거나 파멸적인 과거 어느 시점의 이야기로, 이는 주로 배경 역할을 한다. 이야기에서 배경과 대비되는 개념인 전경(foreground)은 내가 '연출 영역'이라고 일컫는 역할을 하며 독자들은 말하지 않았던 것이 무엇인지 점진적으로 드러나는 것을 볼 수 있다. 결과적으로 리처드 바우시류의 소설은 거의 의례적으로 '말로 할 수 없음'에 사로잡힌다.

여기서 작가의 전략은 복합적이긴 해도 복잡하지는 않다. 그저 전경, 즉 연출 영역에 지금 일어나고 있는 이야기를 배치하면 되는 것이다. 그리고 이 이야기는 현재에까지도 반향을 불러일으키며 만성적인 긴장감을 유발하고 있는 '과거'에 무슨 일이 있었는지 서서히 드러낸다.

예를 들어 아주 인상적인 단편 「세상처럼 느껴지는 것」에서 그는 하루의 몇 시간을 연출하고 있다. 과체중의 중학생 브렌다가 아침에 줄넘기를 하는 모습으로 작품은 시작하는데, 그녀는 그날 저녁에 있을 공립학교 모임을 위해 몸을 단련하고 있다. 같은 반 아이들은 공개 무대에서 한 명씩 뜀틀을 넘을 것이다. 브렌다는 여태까지 뜀틀을 넘지 못했고, 반 학생들 가운데 혼자서 공개적인 굴욕을 당할 끔찍한 처지에 놓여 있다. 이 상황을 주시하는 사람은 브렌다의 보호자인 할아버지로, 이야기의 가장 중요한 주인공이다. 정확히 말하면 이 소설은 브렌다의 뜀틀 이야기는 아니다. 주제는 죽은 자에 대한 표현되지 않은 슬픔에 관한 것으로, 독자들은 서서히 드러나는 진실을 통해 브렌다의 엄마가 자살일 가능성이 높은 자동차 사고로 죽었고(브렌다의 아빠도 엄마를 떠났다), 브렌다와 그녀의 할아버지는 표현되지는 않지만 꼭 그렇다고만 볼 수는 없는 이 죽음에 사로잡혀 있다는 사실을 알게 된다.

할아버지는 브렌다로 하여금 엄마가 의도적으로 브렌다를 버린 게 아님을 설득시켜야 하는 무거운 짐을 지고 있다. 그는 "사고는 사고일 뿐이야"라고 우긴다. 이 같은 부정(否定)을 넘어서 슬픔을 달래기 위한 방편으로 그는 슬프지 않은 체한다. 따라서 부정은 또 다른 부정을 낳는다.

그는 아침마다 걸어서 브렌다를 학교에 바래다준 뒤에 여전히 직장에 가는 체한다. 브렌다가 예측가능한 일과 속에서 일상의 균형감각을 온전히 유지하기를 바라기 때문이다. 그는 이것이 슬픔에 대처하는 최고의 방법이라고 믿고 있다. 지금까지 그래 왔던 것처럼 그저 하던 일을 계속하면서 가능한 한 그 상태를 유지하는 것이다.

이 같은 전략은 의도한 바와 거의 반대로, 그 어떤 표현을 할지라도 부정이라는 막대한 에너지를 일으킨다. 마치 내부에서 진행되는 두통으로 인해 고통받는 사람이 어찌할 도리 없이 아픔을 느낄 수밖에 없는 것처럼 말이다. 소설에서 이 같은 부정은 심장마비에 비유된다.

그들은 이제 브렌다 엄마의 빈자리에 익숙하지만—— 그녀가 죽은 지 1년이 다 되었다—— 아직도 가끔은 판막이 거의 막힌 심장처럼 멈칫거린다.

브렌다의 할아버지는 할아버지대로 문제를 안고 있으며, 온갖 것을 부정하는 그의 궤변 때문에 이 문제 또한 충분히 설명되지 않는다. 직장을 잃고 빈털터리가 될 지경에 있지만, 물론 브렌다에게 이런 사실을 알리지 않는다. 몇 번이고 할아버지는 자신이 브렌다의 슬픔을 어루만져 주며 그녀의 마음에 닿을 수 있는 말을 할 수도 있다는 사실을 알고 있다. 하지만 그에게는 그럴 능력도 의지도 부족하다. 게다가 사정이 어떻든 간에 고통은 표현할 수 있는 통로를 막아 버린다. 그가 하는 모든 말은, 머릿속에 있지만 "말로 제대로 표현할 수 없는" 것을 가려 버리고 어찌된 까닭인지 상황을 더 악화시킨다. 이것은 연출 영역과 브렌다가 뜀틀을 넘으려고 시도하기 직전인 결말부분에서 극적 긴장을 고조시키는 요소로 작용하며 어찌해 볼 수 없는 상황을 초래한다. "얼굴에는 홍조를 띠고, 타이즈를 신은 다리는 무거워 보이는" 브렌다는 문가에 서서 자신이 막 하려는 일을 지켜봐 줄 할아버지를 관중 속에서 찾는다. 그녀는 사춘기의 슬픔과 고통이라는 정지된 장면에서 얼어붙어 있다.

> 그녀는 그저 저 밖에 누가 있는지 궁금해하는 것처럼 보였지만 그는 브렌다가 그를 찾고 있음을 알았다. 그녀는 관중 속에서 까치발을 하고 멀리 떨어져 있어서 보이지는 않지만 벽에 기대어 서서 가슴이 터질지도 모른다고 생각하며 손을 흔들고 있는 할아버지를 찾고 있었다.

이 아름다운 결말은 소설의 마지막 극적 전개로 할아버지를 찾는 브렌다와 손을 흔드는 할아버지의 비참한 몸짓이 허공에서 서로 만나는 것으로 구성되며, 이는 소설에서 딱 한 번밖에 없는 성공적인 도약이다. 하나하나의 경보로 독자들은 이미 브렌다가 이번 모험과 학교에서 치러야 하는 모든 시험에서 실패하리라는 사실을 짐작할 것이다. 소설의 진짜 주제인 표현하지 못한 깊은 슬픔은 눈에 보이는 세상의 벽 너머에 존재하며, 이런 맥락에서 보면 이야기는 벌써 끝이 났고 외관상 소설이 시작되었을 때부터 끝이 났다. 목소리를 내지 못하고 상처받은 인물들이라는 극 속에서 브렌다가 실제 무엇을 하는지는 이미 중요하지 않다. 그녀가 겪고 있는 고통은 크든지 작든지 그녀가 다음 단계로 도약할 가능성을 막아 버린다. 브렌다에게 수행하도록 맡겨진 물리적 뜀틀의 크기와는 상관없이 두 사람 모두 고정된 역할 속에서, 브렌다는 비틀거리며 넘어질 것이며 또 할아버지는 그런 그녀를 보아야 할 것이다.

겁에 질려 있지만 아주 지적이고 관찰력이 있는 아이가 언쟁을 지켜보고 있다고 상상해 보자. 겁먹은 아이는 지금 어떤 상황이 벌어지고 있든지 그 결과로 인해 자신의 처지가 달라진다고 확신한다. 따라서 겁에 질린 아이는 불충한 정보와 정신적인 혼란이 뒤섞인 확신으로 전념을 기울이고 있다. 그가 느끼는 불안감은 불쾌하고 압박감을 일으키며 의미로 가득 차있다. 그는 어떤 요소를 들여다봐야 할지 모르기 때문에 모든 것을 살펴볼 수밖에 없으며 그런 환각상태의 집중은 그러한 요소들을 일종의 무시무시한 공상적인 에너지로 증폭시킬 것이다.

사람들이 이상한 말과 행동을 할 때 특이한 것을 관찰하고 해석하는 능력은 죽느냐 사느냐만큼 중대한 문제일 수 있다. 헨리 제임스의 소설, 스탠리 쿠니츠의 시, 에드워드 P. 존스와 폴라 팍스의 소설 등 다수의 서사문학은 주로 이것을 중요한 배경으로 삼아 이야기를 시작한다.

겁에 질린 아이는 극적인 장면을 만들어 내는 관찰자에게 있어 하나의 모델이 된다. 적대적인 타국에서 안내자 없이 불안한 외국인, '연인이 될 수 있을까?' 하며 죽어가는 욕망을 가진 사람이 또 다른 예가 될 것이다. 왜냐하면 그런 연인은 황홀하면서도 때로는 강렬하게 세부적 요소에 집착하기 때문이다.

"무엇에든 흥미를 느끼려면, 그저 그것을 오랫동안 보기만 하면 된다"고 구스타프 플로베르는 말했다. 하지만 만일 그 무엇인가를 '너무' 오래 보아야 한다면 어떨까? 경계를 풀지 않는 관찰자들 —— 겁에 질린 아이, 불안한 외국인, 빈사상태의 연인, 그리고 프로스트의 시에 등장하는 상처받은 부부 —— 은 절망적인 상황에서 비정상적으로 집중해 세상을 보도록 강요당한다. 그들은 플롯을 넘어서 있다. 그들은 언어나 대상이 목적이 아닌 수단으로 사용될 때의 의미를 추구한다. 우리는 이렇게 강박적으로 세상을 보는 데 익숙하지 않다. 하지만 그 결과는 아름다우면서도 혼란스럽고 겁나지만 가끔은 익살스럽다.

문학은 종종 이해할 수 없는 물리적인 세세함으로부터 탄생한다. 우리가 세상에 올바른 질문을 어떻게 던져야 할지 잘 모를 때만 세상의 외양을 읽을 수 있음을 알려주는 일종의 과잉이다. 어떤 시각으로 봐야할지 또 어떤 말을 해야 할지 모르는 상황 속에서 우리는 기본적으로 예술작품의 바탕이 되는 재료에 집중하기 시작하고 예술의 표면 아래에 있는 내재적 단계로 파고들게 된다.

2. 숨은 의미 찾기

어렸을 때 나는 종종 파커브라더스 사(社)에서 만든 '커리어스'(Careers)라는 보드게임을 하곤 했다. 게임의 조건은 꽤 독창적인데, 게임을 해본 적이 없는 사람들에게 설명하기란 쉽지 않다. 게임에 앞서 참가자들은 돈, 명성, 사랑이라는 세 가지 인생의 목표를 얼마만큼의 비율로 원하는지 결정해야 한다. 합은 모두 더해서 60점이 되어야 한다. 참가자는 60점을 사랑이라는 한 가지 항목에 걸 수도 있고 혹은 세 가지 항목에 분산할 수도 있다. 하지만 자신이 원했던 목표가 아닌 항목에서 점수를 받게 되면 게임에서 이길 수 없다. 게임에서 이기는 단 한 가지 방법은 애초에 자신이 **원했던** 항목에서 점수를 받는 것뿐이다.

예를 들어 당신은 아주 조심스럽게 명성에 20점, 돈에 20점,

사랑에 20점을 걸어 인생의 목표를 정할 수 있다. 아니면 사랑에 전부를 걸 수도 있다. 게임이 시작되기 전에 당신은 사랑을, 오직 사랑만을 원하며, 다른 것은 말고 사랑에만 60점을 건다고 말하는 것이다. 그리고 나서는 게임에서 이기려면 게임보드에서 움직이는 동안 사랑에서 60점을 따야만 한다. 게임보드의 사랑 칸에 도착해서 점수를 쌓아야만 하는 것이다. 만일 명성 혹은 돈 칸에 도착하게 되면 점수를 얻지 못하는데 오직 사랑만을 목표로 게임을 시작했기 때문이다. 그러므로 명성은 당신의 목표와 아무런 상관이 없다.

가끔씩 나는 이웃에 사는 부잣집 아이와 이 게임을 같이했다. 그 아이는 커리어스 게임을 할 때 거의 항상 돈을 원해서 보통 50점은 돈에, 그리고 나머지 10점은 명성에 걸곤 했다. 사랑을 원한 적은 한 번도 없었다. 사랑은 여자애들이나 바라는 것이라 여겼다. 우리는 그때 열한 살이었다. 그 애는 돈과 명성이 남자들이 원해야 하는 것이라 믿었기 때문에 자신도 그것을 원했고 사랑 칸에 도착할 때마다 욕을 해대곤 했다. 그 애는 어찌 되었을까? 어른이 되어서 말이다. 마약거래로 한동안 감옥에 갔다는 소문은 들었는데.

게임이라는 방식에 있어서 커리어스 게임은 인생의 선택과 이야기의 어떤 특성에 대한 적확한 비유다. 커리어스 게임의 어두운 진실은 인생에서 원하는 것이 있다고 해서 반드시 그것을 얻게 되는 것은 아니라는 사실이다. 바라는 것과 얻는 것의 불일치는 게임이 아니라 이야기를 구성한다. 돈을 바랐지만 사랑을 얻을 수도 있다. 명성을 원했지만 얻을 수 있는 거라곤 돈뿐인 때도 있다. 세 가지 모두를 바랄 수도 있지만 이도 저도 얻지 못할 수도 있다. 인생에서 자신이 원했던 것이 아닌 다른 것을 얻게 되는 일은 관점에 따라 비극이 되기도, 희극이 되기도, 혹은 그 둘이 섞인 것이 되기도 한다. 이는 관찰자가 어디에 서 있느냐에 달려 있는 문제다.

대부분의 경우 당신은 원하는 바에 대해서 말할 수 있다. 하지만 진정으로 갈망하거나 욕망하는 것은 소리내어 말할 수 없는데, 어떤 이유에선지 입에 담을 수 없기 때문이다. 적절치 않은 것을 원하거나 너무 많이 원하기 때문일 수도 있다. 이러한 불일치는 많은 훌륭한 이야기와 신화의 핵심이다. 저 유명한 오이디푸스를 보라. 잘못된 것을 원하고, 또 갖게 되는 것을.

¤

젊은 작가들은 플롯이라면 질색하는 경향이 있다. 플롯은 덫과 같은 느낌이 들며 더 나쁘게 말하면 속박과도 같다. 플롯은 특정 선택권을 막는다. 그렇기 때문에 노화 과정을 닮아 있다. 어떤 면에서 플롯은 순전히 등장인물의 욕망이나 두려움에서야기되며 또 그들이 그 욕망을 충족하거나 혹은 두려움의 대상을 피하려고 기꺼이 하는 일에서 비롯된다. 그것은 밑바닥이 갈라진 쇠사슬 현수교를 상상해 보면 되는데, 저기 저 아래에서 눈에 보이는 심연으로 만들어진 원인과 결과의 연결고리 말이다. 사실 세상에는 간절히 원할 것이 그다지 많지 않은데, 적어도 당신이 커리어스 게임이 보여 주는 증거를 믿는다면 그렇다. 가변적 요인은 늘 변하는 한편, 범주(category) 자체는 변하지 않는다. 그리고 매력과 충격은 대체로 변하는 것에 있다. 소설은 플롯의 요약이 아니라 변수의 집합체, 말하지 않고 보이지 않는 세계로 독자들을 인도하는 놀라우리만치 세밀한 구체성의 집합체다.

결국 대부분의 사람들은 일종의 정체성을 필요로 한다. 젊을 때는 보통 모험을 원하고(달리 말하면 집에서 나가려 한다), 나이가 들면서 평온과 안정을 바란다(달리 말하면 집으로 돌아가려 한다). 그들은 사랑을 (가끔씩 너무 많이) 원하거나, 섹스를 (마찬가지로 이따금 너무 많이) 원하거나 혹은 결혼과 자식을 원한다. 사람들은 돈을 원한다. 사물이나 사건의 의미를 알기를 원한다. 정신적 삶을 원하기도 하고, 육체적 삶을 원하기도 하며, 혹은 그 모두를 원한다. 고통스러운 상황을 만드는 데 능하며 이에 다른 사람들이 어떻게 대처하는지 지켜보는 것이 아니라면, 사람들은 고통스러운 상황을 피하려 한다. 그 외 사람들이 원하는 모든 것은 위의 범주에 포함시킬 수 있다.

이 모든 '욕망'은 플롯의 시작점이 된다. 피터 브룩스는 『플롯 찾아 읽기』에서 욕망이 빠진 이야기는 가망이 없다고 지적한다. 내가 창조한 허구적 인물은 돈, 섹스, 사랑, 혹은 그것이 무엇이든 목표를 성취하려고 무엇이든 할 것이다. 어쩌면 내가 창조한 인물은 두려움에 떨고 있으며, 불리한 상황, 적대자, 혹은 둘 다에 맞서야 할지도 모른다. 따라서 우리는 주인공의 계획, 목표, 전략에 맞설 힘을 부여한다. 어쩌면 등장인물에게 어떤 일이 생기고, 그 혹은 그녀는 어떤 방식으로 여기에 반응을 할지 모른다. 그 결과 이야기는 두 개의 혹은 세 개의 장(章)을 구성한다. 극도로 고조된 욕망이나 두려움이 없다면 인물들은 이야기 안에서—또는 삶에서—보이는 세계를 지배하는 그들의 갈망과 두려움을 위해 아무런 행동도 하지 않을 것이다.

¤

등장인물이 실제로는 원하지만 그렇다고 고백할 수 없는 경우가 있다. 그래서 어떤 이야기는 인물의 말에 그다지 의존하지 않는다. 터놓고 말할 수 없는 무기력함은 이야기에서 보이지 않는 깊은 틈을 만들며 진짜 욕망은 가짜 욕망 아래 숨어 있다. 이 같은 충돌은 세상과의 불화가 아니라 자아와의 불화로 시작한다. 또 어떤 이야기는 인물이 원한 것과 실제로 얻게 되는 것의 불일치에 의존한다. 이러한 상황은 세상이 등장인물에게 부여하는 일종의 시적 모순을 창조한다. 첫 번째 언급했던 말로 할 수 없는 서브텍스트적 이야기는 편집증적이거나 때때로 드러나지 않은 정신장애를 가진 캐릭터에 의해 만들어진다. 정신장애는 내가 **복잡한**(congested) 서브텍스트라고 부르는 상황을 야기하며, 대개 서브텍스트가 더 혼잡할수록 이야기에서 가장 흥미로운 부분이 된다. 이야기의 감동과 의미는 그 어떤 식으로도 해석될 수 있으며 이야기가 끝난 후에도 오랫동안 마음속에 남는다. 나는 여기서 '복잡한'이라는 표현을, 효율적으로는 당최 묘사가 불가능한 욕망과 공포를 암시하기 위해, 쉬운 서술에 저항하는 감정의 집적으로 사용하고 있다.

편집증(mania)이 있다고 해서 미치광이가 되는 것은 아니다. 문명화되고 길들여진 종류의 '편집광(마니아)'도 있으며 주화나 우표를 수집하고, 모형기차를 만들거나 잔디를 손질하는 사람들이 그 예이다. 강박을 갖는다는 것은 스포츠나 뜨개질, 정치처럼 일상의 일부이다. 마니아가 된다는 것은 개인이 보답받을 리 만무한 특정 대상에 지나치게 감정을 투자하는 것을 말한다. 강박과 조증은 묘사하기 쉬운데, 미치광이는 어느 정도 자기 자신에게 주목하기 때문이다. 병적인 집착이라는 구경거리가 전염성이 있는 이유는 편집광에게 주목하지 않기란 어렵기 때문이다. 너무 평이한 사춘기적 열병을 제외하고——왜냐하면 그건 일상다반사이므로——편집광처럼 관심을 끌기에 적합한 소재는 없을 것이다. 어떤 인물이——실제 인물이거나 가공의 인물이거나——강박적 집착이라는 전율에 휩싸여 있을 때라면 언제고 이야기의 좋은 소재가 된다. 만약 그 인물이 겉으로 보기에 차분하고 분별력 있어 보인다면. 그리고 그의 강박이 문화 전반에 공명하는 바가 있다면.

그 같은 인물들은 이야기 전체에서 **주목의 대상**(focusing agent)이 된다. 독자들은 그들에게서 눈을 뗄 수 없다. 주목의 대상이 없는 이야기는 두드러진 특징이 없는 평범한 그림과 비슷하다.

소설 『모비딕』을 예로 들어 보자. 소설의 중심인물은 상처입고 자기 연출적이며 강박에 사로잡힌 에이해브 선장이며 플롯은 에이해브의 포경선 피쿼드호에서 작품의 제목과 동일한 이름의 흰 고래를 쫓는다는 내용과 관련이 있다. 하지만 플롯을 요약한다는 것은 책에 대해 아무 이야기도 하지 않는 것과 같다. 『모비딕』이 어떤 부분에서 소름끼치고, 잊을 수 없고, 종잡을 수 없는 소설인 이유는, 여기에 표면으로 드러나지 않는 텍스트 정보가 흘러넘칠 정도로 많기 때문이며, 또 에이해브가 일단 등장하기만 하면 우리의 주의력을 요구하기 때문이다. 달변가임에도 불구하고 에이해브 선장은 어떤 근본적인 지점에서 자신에 대해 설명하지 못한다. 그는 무엇이 자신을 극단으로 몰아가는지 명확하게 표현하지 못한다. 고래를 왜 죽여야 하는지는 모르지만 선원들을 모두 자신의 과업에 참여시켜야 한다는 사실은 잘 알고 있다. 에이해브 선장의 상처는 잃어버린 다리 하나 그 이상이다. 그는 오로지 상처 그 자체일 뿐이고 무(無)가 만들어 낸 우주, 무신경한 신에 대한 분노뿐이다. 그가 하는 그 어떤 말도 상처에 대한 설명으로는 충분하지 않다. 소설은 마침내 상처의 근원을 찾으려 애쓰지만 찾지 않는다. 그렇지만 소설이 응시하는 곳 도처에서 다른 무엇인가의 증거를 찾는 것처럼 보인다.

편집광은 늘 그 대상을 과장한다. 흰 고래 모비딕이 대단히 크기는 하지만 에이해브의 주목을 받는 대상이니 만큼 이 동물은 거대한 형이상학적인 부분을 차지한다.

가면 같고 불가해한 이 고래에 대한 에이해브의 집착은 기이할 만큼 균형이 맞지 않고 또 엄청나게 의미심장하다. 에이해브는 정신 나간, 카리스마 있는 지도자의 전형이다. 목표를 이루려는 그의 과한 결심은 실용적이고 개인적 차원에서 벗어나 형이상학적·영적·성심리적·정치적 세계로 옮겨 간다. 허먼 멜빌의 소설은 에이해브의 편집증을 경외하며, 에이해브 선장과 그가 집착하는 대상에 이르려는 모든 노력은 소설과 행위를 비극의 정점으로 치닫게 만든다. 에이해브는 거의 모든 선원들과 함께 가라앉는다. 이슈마엘만 남고 모두 죽게 되는데, 이는 에이해브의 어리석음 덕이다. 강박과 복잡한 서브텍스트는 광증과 맞서 싸울 때 오직 일상적 상식밖에 없는 무고한 구경꾼들을 상황에 말려들게 하는 경향이 있다. 상식과 광증이 싸우면 초반에는 광증이 언제나 이긴다. 망상에 사로잡힌 사람들은 극적 상황뿐 아니라 확신도 자신들의 편에 서게 한다.

어쩌면 막연한 정의일지도 모르지만, 강박은 협력자들을 양산하며 그들은 다시 개인적 문제를 집단적 문화의 문제로 몰아간다. 강박관념에 시달리면서 플롯은 무게를 더한다. 덫에 걸린 구경꾼들은 사회 정치적 요인과 그에 반하는 요인을 습득한다. 집착에 사로잡혀 합리적 담론을 거부하는 지도자는 에이해브부터 우리 시대의 입법자들까지 '현실적'인 사람들을 업신여겨왔다.

에이해브는 자신의 이야기를 하지 않으며, 할 수도 없다. 화자로서 신뢰받지 못할 뿐만 아니라 이야기에서 **살아남는다** 해도 적절하지 않을 것인데 어떤 경우라도 미치광이가 자신의 이야기 속에서 살아남는 경우는 드문 일이다. 복잡한 서브텍스트를 거치며 여행하는 인물이 냉정하게 이야기를 하는 경우는 거의 없으며, 그렇기 때문에 그 혹은 그녀는 목격자가 있어야 한다. 그런 이유로 우리에게는 길벗인 이슈마엘이 있다. 그는 독자들을 피쿼드호와 에이해브 선장, 그리고 고래에게 데려갈 안내자이다. 하지만 그는 그 모든 것이 무엇을 의미하는지 모른다. 상황을 지켜보고 우리에게 알려주기는 하지만, 에이해브보다 더 많은 것을 설명해 줄 수는 없다. 강박에 대한 변명이나 이유를 적절히 해명한다면 독자들의 역할은 거의 없을 것이다.

웃기려는 목적으로 쓰는 소설이 아닌데 편집광에게 이야기의 주도권을 부여하는 실수를 작가들은 종종 한다. 작가에게는 독자를 향하는 방향에서 애써 줄, 설명해 줄 사람이 필요하다.

이제 대부분의 사람들이 알고 있는 소설 『위대한 개츠비』를 살펴보자. 이 소설 또한 감정의 체증을 보여 주는 작품이다. 여기서도 주인공은 강박에 사로잡혀 있으며 개츠비는 데이지 부캐넌을 병적으로 원한다. 하지만 개츠비가 정말 원하는 것은 무엇일까? 스콧 피츠제럴드가 탐구하는 노스텔지어의 역학에서 개츠비는 차라리, 같은 반에서 제일 예쁜 여자아이 데이지와 사귈 수 없는 사춘기 소년이다(눈을 뗄 수 없게 예쁜 데이지 같은 아이는 대개 톰 부캐넌 같은 애랑 사귄다). 개츠비는 그래서 다른 사람, 부자가 될 것을, 유명한 사람이 될 것을 다짐한다. 데이지가 거절할 수 없는 사람 말이다. 그는 지금 데이지를 갖지 못하는 자신이 부끄럽다. 그러므로 그는 다른 사람, 즉 위대한 개츠비가 될 것이다.

개츠비는 자신이 아니라 데이지가 달라질 수 있다는 생각은 하지도 않는다. 이 같은 상황에 비추어 볼 때, 데이지는 이제 더 이상 개츠비에게 피와 살로 된 여자가 아니다. 그녀는 그가 원하되 말하지 않는 모든 것—극단성, 복잡성, 그리고 맹목성—을 초월한 대상이다. 그는 과거를 고쳐 쓰고 다시 잡으려한다. 그는 순수함을 원한다. 마법을 원한다. 로맨스를 원하고 환희를 느끼고자 한다. 이 모든 것 외에도 밀주 제조자로서의 사회적 지위도 원한다. 개츠비는 로터리클럽 회원이 되고자 하는 마약상과도 같다. 그는 그와 같은 모순을 바라며 순수한 모조품이 되기를 원한다. 이 모든 것은 위선에 불과하지만 어떤 면에서 순수한 고상함이 있다.

다시 한 번 내가 이슈마엘 원칙(Ishmael-principle)이라고 부르는 것에 대해 이야기해 보자. 여기서도 개츠비는 자신의 이야기를 할 수 없기 때문에 닉 캐러웨이가 대신한다. 그리고 다시 한 번 무고한, 그리고 그다지 무고하지 않은 구경꾼들은 배와 함께 가라앉는다. 아니, 이 경우에는 자동차가 되겠다. 피츠제럴드 소설에서 한 여자는 속도위반을 한 자동차에 치이고, 주인공은 풀장에서 총에 맞아 죽고, 소설 끝부분의 세부사항은 혼란스러워서 누구도 깨끗이 정리하지 않으려 한다. 닉 캐러웨이는 범죄가 일어났던 물리적 장소를 떠나긴 하지만 정신적인 면에서는 그곳을 천천히 떠난다. 여전히 개츠비의 강박관념 혹은 집착을 완전히 설명하지 못하며, 어떤 면에서는 감탄을 표하기까지 한다. 하지만 개츠비의 집착은 그에게서 흘러나와 미국 땅 전체로 스며들어 얼마 후 그는 단순한 제이 개츠비가 아니라 웰던 키스(Weldon Kees)의 시 구절 "파멸적인 향수"(ruinous nostalgia)처럼 고통을 당했던, 진정한 의미에서의 애국적 미국인이 된다.

만일 개츠비가 『위대한 개츠비』의 화자였다면, 자신의 이야기 속에서 살아남았다면, 독자들은 아마 단조롭고 신뢰할 수 없는 일방적인 시각의 이야기를 듣게 됐을 것이다. 하지만 이것은 어리석은 가정에 불과하다. 개츠비는 이야기가 시작될 때부터 이미 자신의 상황을 객관적으로 이야기하는 데 필요한 만큼의 거리를 확보하고 있지 않기 때문이다.

제이 개츠비와 더불어 에이해브 선장은 비공식 버전의 이상한 '커리어스 게임'을 하고 있다. 개츠비는 데이지를 원한다고 말한다. 그것은 바로 그가 사랑을 원한다는 뜻이지만, 사실 그는 그녀를 통해서만 얻을 수 있는 다른 무엇인가를 원할 따름이다. 표면 아래 음울하게 감추어진 형식을 취하고 있는 **다른 무엇인가**는 소설이 끝나고도 오랫동안 요동친다. 『위대한 개츠비』에서 환상이 가지는 힘은 그 토대를 떠받치고 있는 현실보다 훨씬 강하다.

그와 비슷하게 에이해브도 흰 고래를 죽이고 싶어 하지만 그 이유가 형이상학적인 동시에 개인적이고 또 너무 복잡해서 독자들은 여전히 이유를 알아내느라 고심한다. 에이해브의 야망은 흰 고래보다 더 크다. 그러므로 고래는 사람들의 주의를 딴 곳으로 돌리는 장치이다. 훌륭한 소설이나 감탄할 만한 이야기를 쓰려고 복잡한 서브텍스트를 이치에 맞게 완벽히 만들 필요는 없다. 소설의 분량이 문제가 될까?『모비딕』은 한 편의 서사시 같은 느낌이 든다. 우리 시대에 더 맞는 건 이보다 정도가 덜한 집착인 것 같다. 워커 퍼시의『영화구경꾼』, 앙드레 지드의「전원교향곡」, 피넬로피 피츠제럴드의『푸른 꽃』은 꽤 크게 느껴지는 작은 집착에 관한 것이며, 다양한 종류의 강박적 행동을 일삼는 웃기는 남자에 관한 닉 혼비의 소설『하이 피델리티』도 마찬가지이다.

어떤 식으로라도 '스케일', 그러니까 이야기의 크기를 측량할 분석적 용어가 없다. 이야기의 크기를 수치화할 방법이 없다는 뜻이다.

서브텍스트가 표면 아래로 숨겨진 종류의 이야기에서는 등장인물이 오랫동안 원했던 것을 얻을 때 골칫거리가 발생한다. 이런 부류의 이야기는 커리어스 게임이 끝날 때, 그리고 당신이 원했던 것을 손에 넣을 때 시작된다. 우리는 이것을 **성공함으로써 파멸한 사람들**의 이야기라 부를 수 있을 것이다. 이런 유의 이야기에서 관건은 연출이다.

라이너 마리아 릴케는 『말테의 수기』에서 순전히 추측에 근거한 질병을 창조해 내는데, 오로지 그 병이 있는 사람이 띠는 특성으로만 그 질병을 식별할 수 있다. 릴케는 사례별로 진지하게 관심을 기울이지는 않았지만 내 생각에 주의 깊은 사람과 아픈 사람은 그들의 조심성 때문에 죽고, 타인에게 관대한 사람들은 그것이 서서히 자신에게 독이 되며, 자신의 미덕이 모양은 같아 보이지만 더 힘이 강한 악덕으로 되돌아온다는 것을 말하고 있는 게 아닌가 싶다. 이 같은 과정의 다른 용어는 부정적인 의미에서의 독실함이다. 당신은 당신이 믿는 것들에 대해 경건하고 신실하지만, 곧 그 '믿음'의 끔찍한 화신이 된다. 원하는 것 ── 믿음과 신앙 ── 을 얻음으로써 파멸하는 것이다.

"성공으로 파멸했다"라는 표현은 나의 것이 아니라 지그문트 프로이트의 것이다. 물론 프로이트는 자신이 신경증적 불행이라고 여겼던 것에 주된 관심을 가졌다. 그것은 초자아가 인간의 기본적 욕망을 충족하지 못하게 붙들어 두면서 우리가 원했던 것을 갖지 못했을 때 일어난다. 하지만 후기에 이르러서 프로이트는 사람들이 **원했던** 바로 그것을 가졌을 때 일어나는 신경증적 불행에도 마찬가지로 관심을 기울였다. 바로 에이해브 선장이 흰 고래를 죽인 후 뉴 베드포드로 돌아왔다면 무슨 일이 벌어질까 혹은 개츠비가 데이지의 마음을 얻어서 같이 살게 되었다면 어떤 일이 생길까 하는 그런 이야기들이다. 멜빌은 이런 유의 이야기를 쓴 적이 없지만 피츠제럴드는 두 번이나 썼는데 『위대한 개츠비』의 초고와 『밤은 부드러워』가 그것이다.

1919년의 에세이 「성공했기 때문에 실패하는 사람들」(On Those Wrecked by Success)에서 프로이트는 그답지 않게 머뭇거리고 있는데, 그는 어째서 이리도 자주, 불행이 욕망의 충족에서 비롯되는지 알기 어렵다고 말했다. 하지만 이런 일은 늘 있으며 좀처럼 잊을 수 없는 이야기를 만들어 낸다. 꽤 인상적인 점은 프로이트가 희곡 『맥베스』를 자신의 연구 자료로 활용하고 특별히 레이디 맥베스를 그 사례 연구의 중심인물로 든 것이다. 왕비가 되고 난 후에 나타난 맥베스 부인의 불행은 양심의 가책에서 비롯되었고 그녀가 앓고 있는 신경증은 '욕망의 충족'에서 오는데, 이는 오이디푸스 콤플렉스와 연관이 있다는 주장을 우회적으로 했다. 바로, 우리가 원했던 것을 얻게 되었을 때 마음속 개인적이고 깊은 곳 어딘가에서 그것을 부모를 대신하는 것으로 인식해 죄책감을 느낀다는 것이다. 설명은 잘못된 것 같긴 해도 프로이트가 제공하는 근거는 흥미롭다.

소망과 환상이 실제 삶이 주는 충족감보다 더 강렬하다면 어떨까? 이것이 스콧 피츠제럴드가 심사숙고했던 인생의 불가사의한 특징이다. '트리말키오'(Trimalchio)라고 제목을 지었던 『위대한 개츠비』의 초고 가운데 하나에서는 데이지가 짐을 싸

남편을 떠나 개츠비의 집에 도착하는데, 이때 개츠비는 **그녀를 쫓아 보낸다**. 그럴듯하면서도 터무니없어 보인다. 마침내 자신이 원하는 것을 얻었건만, 이제 그것을 거부하는 것이다. 피와 살로 이루어진 실제의 여인이, 바로 그 동일한 여인의 판타지를 방해한다. 작가는 이 장면을 빼버렸는데 아마도 이야기 속에 그것이 이미 암시되어 있다고 생각한 탓이 아닌가 싶다.

숨은 이야기의 가능성은 욕망에 만족하는 데 있다. 솔직하게 드러난 욕망이 충족될 때 비로소 숨은 이야기는 **시작되고** 통제에서 벗어난 환상과 집착으로 가득한 복잡한 서브텍스트가 그 뒤를 잇는다. 이야기의 종국성(finality)은 연속체에 찍힌 가공의 점(點)일 뿐이다. 게임이 끝나는 것 같을 때 사실 진짜 게임, 진짜 이야기가 시작된다. 이것이 윌라 캐더의 머리털이 쭈뼛해지는 짧은 소설 『내 철천지 원수』를 관통하는 주제이다. 책 내용은 사랑 때문에 결혼한 여자, 사랑 외에 다른 건 중요하지 않은 그 여자가 자신의 선택을 통렬히 후회하면서 살아간다는 것이다. 이는 그녀가 원한 것을 얻지 못해서가 아니라 원했던 바로 그것을 얻었기 때문이며 또한 그녀가 얻는 거라곤 그것뿐이기 때문이다.

다른 예로 존 치버의 소설 「헤엄치는 사람」을 살펴보자. 중심 인물인 네디 메릴은 참석 중인 파티에서 약 13킬로미터에 달하는 집까지 동네 수영장을 하나씩 수영하면서 가기로 한다. 그렇지만 도중에 무슨 일이 생기고 무엇인가 잘못되어 간다. 그러는 중에 경관은 바뀌고 허물어지며, 집에 도착한 그는 쇠약해지고, 빈 집은 이상야릇하게도 낡았고 문은 잠겨 있다. 소설 속에서 무슨 일이 벌어진 걸까? 서브텍스트는 가장 눈에 띄는 위치로 모습을 드러내는 것처럼 보인다. 대다수의 치버의 이야기에서 서브텍스트는, 충동이 억제되지 못하고 계속해서 충동 행위로 이어질 때 일어나는 일들을 다루고 있는 듯 보인다. 치버의 이야기는 종종 하나의 충동에서 시작해 반복강박이 되는 행동에 관한 것일 때가 많다. 하나의 충동은 곧 일종의 충동의 중독이 되고, 그것은 다시 일상의 궤도를 이탈해 황폐한 삶으로 이어진다. 「헤엄치는 사람」에서처럼 이 모든 일은 하루 안에 일어날 수 있는 이야기이다. 화자는 이렇게 말한다.

"그는 그가 원했던 일을 했고, 그 지방을 헤엄쳐서 건넜다. 하지만 기력이 다해 너무 멍해진 상태여서 자신의 성취감은 모호하게 느껴졌다."

정신이 멍한 것이 맞을 터이다. 원하는 것을 얻어라, 그러면 당신은 파멸될 것이다.

집이 잠겨 있어서, 그는 멍청한 요리사 혹은 멍청한 가정부가 잠가 놓은 것이 틀림없다고 생각했다. 하지만 가정부나 요리사를 부렸던 것은 꽤 오래전의 일이었음이 떠올랐다. 그는 고

함치면서 문을 세차게 두드렸고 어깨로 억지로 열어보려고
했다. 그러고는 창가에서 안을 들여다보고 집이 비어 있다는
것을 알았다.

치버의 「헤엄치는 사람」은 극단적인 불쾌함이라는 광경을
보여 주며 여기서 끝난다. 충동과 몽상으로 각색된 깊숙한 영
역에서 우리는 이러한 영상과 함께 단연코 플롯 이면에 있다.
치버의 『뉴요커』지 담당에디터였던 윌리엄 맥스웰은 편집자로
서 치버의 이러한 영역을 이해할 수 없었다고 인터뷰에서 말한
적이 있다. 정도는 덜하지만 사실주의에서 객관화된 서브텍스
트——공상적인 세계에 있는 네디의 파괴된 집——로의 전환은
관심을 끌기 위한 술책으로 느껴질 수도 있다. 그렇지만 네디
의 어리석음, 알코올 의존증, 싸구려 낭만주의, 반유태주의, 그
리고 그의 무모함은 사실상 독자들에게 이런 상황을 짐작할 수
있게 만들었다.

이제 드디어 복잡한 서브텍스트의 일인자 프란츠 카프카의
순서이다. 카프카의 소설 『성』은 사실상 서브텍스트가 전부이
다. 카프카의 소설에서 상징성, 허상, 언외의 서브텍스트는 너
무나 강력해서 사실에 충실한 현실을 책에서 밀어냈다. 『성』은
상징성을 명확히 묘사하고 있지만 등장인물들의 세부적인 행
동에 대해서는 불분명하다. 독자들은 등장인물들이 실제 무엇

을 하는지 확실히 알지 못해도 이야기가 무엇을 말하고 있는지 대개 추측할 수 있다.

¤

모순적인 반전과 "소원은 조심해서 빌 것" 같은 이야기를 할 때 나는, 마치 월트 휘트먼이 '흔한 실수'라 말하는 것을 하는 것 같다. 실제로는 복잡한 것을 단순화할 생각은 없다. 이렇게 복잡한 심리적 우여곡절이 하나의 장치로써 기계적으로 사용될 때 일어나는 이야기들은 장기방영되었던 TV 시리즈 「더 밀리어네어」(The Millionaire)의 치밀함과 미묘함을 모두 갖추고 있다. 화면에 거의 모습을 보이지 않는 조물주 혹은 일종의 원동력 같은 존 베레스포드 팁턴은 몇 주에 걸쳐 자신의 사무국장 마이크 앤서니를 통해 백만 달러를 뜻밖의 인물에게 준다. ('아니 누가 백만 달러를 받으리라 예상하겠는가. 난데없이 나타나는 새떼도 아닌데 말이지?') 몇 주 후, 시청자들과 출연자들은 대체적으로 백만 달러가 인간의 삶을 향상시키지 않았다는 사실을 알고는 깜짝 놀란다. 뜻밖의 횡재라는 것은 종종 가면을 쓴 재앙일 경우가 많다. 놀랍지 않은가! 시청자들이 이러한 전제 너머를 보게 되면 ── TV의 경우 대개는 들어맞는다 ── 볼 것은 거의 없다.

반전의 플롯을 이용하는 소설가들과 극작가들은 모파상부터 오 헨리, 로알드 달, 알프레드 히치콕과 그의 TV 시리즈까지 독자들이 무엇이 어떻게 바뀔지 추측하지 못할 것이라는 기대에 의존한다. 만일 반전과 같은 작위적인 장치가 있다면 그것은 부자유로움은 은폐한 채, 온갖 형태로 발생하는 우연의 일치를 자유로운 선택인 것처럼 속여야 한다는 의미가 된다. 그러므로 이런 종류의 이야기 안에 숨은 욕망이 흥미를 유발시키는 단 한 가지 조건은 해방감이나 가능성과 같은 특정한 인상을 주는 요소이다. 이로써 예술가들은 자신들의 수법을 숨길 수 있다. 만일 반전이 있기 전에 미끼가 있다면 그것은 복잡하게 얽힌 것이어야 한다.

J. F. 파워스(J. F. Powers)의 단편집이 재발행되었다. 그가 미국에서 표현 형식(form)을 활발히 사용하는 솜씨 좋은 작가 중 하나라고 인정하기란 어렵지 않다. 그의 작품 속의 극적 아이러니*는 유별나게 도덕적 판단을 배제한다. 등장인물을 벌하지 않고 상황에서 거리를 두고 바라보는 재능은 이야기 속에서 극도로 야릇하고 희화적인 동정심을 자아낸다. 이처럼 남다른 어조를 다룰 수 있는 작가는, 파워스를 제외하고는 미국에 거의

---

* 관객이나 독자는 이미 아는 사실을 오로지 등장인물만 모른 채 사건이나 상황이 전개되는 것을 말한다.

없다. 이 같은 형식상의 어려움은 파워스가 어째서 평생 총 세 권이라는 적은 수의 작품을 남겼는지를 설명해 줄지도 모른다.

극적인 아이러니는 운명의 장난에서 비롯된다. 이 같은 운명의 장난은 등장인물의 위선이나 무지로부터 오는 경우도 있지만 대부분은 단지 우연히 불법 행위에 가담하거나 남의 비행을 묵인함으로써 일어난다. 어느 쪽이건 간에 등장인물은 자신이 원했던 것이 아니라 예상 밖의 것을 얻게 된다. 이것은 사랑을 원했지만 뜻밖의 것을 얻게 되는 커리어스 게임인 것이다. 이러한 기법으로 등장인물들은 쉽게 정체가 밝혀지거나 창피를 당할 수도 있지만 허를 찔렸을 때나 뜻하는 바를 말할 수 없을 때 해명할 기회를 가질 수도 있다.

한 가지 예로 자주 인용되는 안톤 체호프의 작품 『개를 데리고 다니는 여인』을 살펴보자. 이 소설에서 이야기 형식의 전개에 대비하여 강조한 장치는 주인공 구로프로 하여금 자신이 원한다고 생각했던 것이 실은 진정으로 원하는 것이 아니라는 사실을 깨닫게 하는 것이다. 이 작품의 매력은 그가 원하지 않았던 것, 그리고 그것에 대해 몰랐다는 데에서 기인한다.

이야기는 중년의 나이에 일상이 다소 지루하다고 생각하는 유부남 구로프가 얄타에 휴가를 갔다가 애완견을 데리고 다니는 여인과 바람피우는 상상을 하는 것으로 시작한다. 그가 바랐던 그 소망은 소설 초반에 꽤 일찍 충족되며 구로프가 안나

세르게예브나와 사랑에 빠진 듯한 모습이 이야기를 전개시킨다. 그러나 이 같은 사랑은 그에게 있어 불가해한 것이고 재앙으로 느껴진다. 사랑에 빠진 대상이 빼어나게 예쁘지도 않고 그 자신도 이처럼 간절하고 복잡한 감정이 불꽃을 일으킬 시기는 논리적으로 한참 지났다고 생각하는 중년이다.

구로프가 느끼기 시작하는 사랑은 과거에는 쳐다보지도 않았고 바라지도 않았던 일련의 경이의 세계로, 그의 내면을 눈뜨게 한다. 그렇다고 그가 느끼는 감정을 특별히 유창하게 말할 수 있는 것도 아니다. 그의 감정은 어쨌거나 그것을 묘사할 능력도 기회도 없이 균형감각을 잃는다. 교양 있는 사회에서는 자신이 인생에서 가장 소중하다고 여기는 것에 대해 말할 수 없다는 사실을 구로프 자신이 깨달을 때까지 이야기는 독창적이고 간결하게 유지된다. 아무도 구로프의 말을 듣지 않을 것이다. 어쩌면 구로프는 자신의 체면을 지키면서 자신이 뜻하는 바를 전하는 방법을 모를 수도 있다. 혹은 그의 가슴 속 이야기는 전부 금기시되는 것일 수도 있다. 구로프는 생전 처음으로 무언가 할 말이 생겼지만 들어줄 사람은 아무도 없다.

또 하나의 극적인 아이러니는 구로프가 사랑을 찾았을 때 사랑이 자신을 몹시 불행하게 만든다고 깨닫는 것이다. 이것은 그를 성숙한 인간으로 만들고, 영혼을 자각하게 하고, 정신세계를 형성하게 하여 본질, 감수성, 감정을 느끼게 한다. 하지만 낭만적인 사랑과 달리 이 성숙한 사랑은 행복을 가져다주지 않는다. 그것은 형벌로 느껴진다. 소설 끝부분에서 구로프는 어떻게 행동해야 할지 모른다. 그의 만족감은 중요하지 않지만 그가 새로이 발견한 불행은 매우 의미심장하다.

흥미 있는 이야기를 위한 제안은 다음과 같다. '등장인물이 진정으로 원하는 것을 주고, 무슨 일이 생기는지 보라.'

잔인하고 극적인 반전의 위대한 음유시인 플래너리 오코너는 유인이라는 책략을, 이야기마다 잔인하도록 놀라운 결과와 함께 몇 번이나 가차 없이 효율적으로 사용한다. 그녀는 멍청하고, 위선적이며, 독선적이라는 이유로 설사 등장인물들이 선한 의도를 갖고 있다고 해도 그들을 응징한다. 그녀의 이야기는 특히 독선적인 자선가를 경멸해서 계몽사상의 산물인 사람들이 보통 사건의 악역을 맡는다. 단편 「좋은 사람은 찾기 어렵다」에서 할머니는 자동차에 탔다가 막다른 곳에서 미스피트**와 마주친다. 「오르는 것은 모두 한데 모인다」에서 줄리안은 분리주의자의 위선으로 엄마를 당황하게 만들려고 하지만 자신의 정신적 우월감만 드러내게 되고 덤으로 자신의 엄마까지 잃게 된다. 「절름발이가 먼저 올 것이다」에서 셰퍼드는 별볼일 없는 사람 루퍼스 존슨을 도우려고 주제넘게 나서다 무시무시한

** Misfit ; 부적응자라는 뜻이 있다.

운명의 벌을 받는다. 운명이 그녀의 등장인물들에게 나누어 주는 당연히 받아야 할 벌은 유령의 집처럼 원색적으로 생생하게 그려지고 폭력은 B급 영화처럼 잔인하다. 이 작품들에 자비심이라고는 없다. 속이 빤히 들여다보이는 행복에 대한 불신과 아주 창의적인 잔인함은 이야기를 처음 대하는 독자들을 충격에 빠뜨리는 경향이 있다. 플래너리 오코너는 한 편지에서 사람들이 종종 자신들의 삶에 너무 무지해 정신을 차리려면 이따금 일격이 필요하다고 단언했다.

대조적인 예로 파워스는 플래너리 오코너의 반대편에 위치하고 있으며, 교훈을 주려고 인물을 등장시키는 경우는 없다. 파워스의 상상력은 잔인함을 양분으로 삼지 않으며 플래너리 오코너가 알지 못하는 인간애를 존중한다. 파워스는 극적인 아이러니를 극적인 전이의 형태로 사용한다. 상처나 고통은 늘 우리 안에 있지만, 우리가 알아차리기 전까지 그것을 보기는 어렵다. 그는 풍자적 경향이 있는 그 어느 미국 작가보다 더 등장인물에 관대하다. 그러므로 다소 가라앉아 있는 희극적 요소를 생각해 볼 때 파워스에게 익숙해지는 것은 그리 어렵지만은 않다.

파워스는 몇 가지 주제에 대해 썼는데, 그중에서도 미국 중서부의 시골 지역에 사는 신부들의 세속적 측면의 삶에 집중하는 경향이 있었다. 작가 자신도 미네소타 주 서남쪽 지방에서 대부분의 생을 보냈고, 중서부 지역의 온화함, 평정심 같은 정서가 다수의 작품에 확연히 드러난다. 파워스 작품에 등장하는 신부들의 영적 삶은 숨겨져 있으며 언급되지 않는다. 이를 실현하기 위한 전략은 이들을 (이따금 수녀들도 마찬가지로) 그들 삶에서 가장 중요한 내면의 진실, 즉 신앙에 관한 언급이 거의 없이 그날그날 힘들게 살아가는 인간으로 등장시키는 것이다. 이야기 속에서 가톨릭교는 어느 정도 희화화된 가정적 특성에 대한 방대하고 세속적인 장치로 보인다. 그것은 교리를 거의 드러내지 않으며, 이렇다 할 매력 없이, 마치 세속적 회사처럼 운영된다. 파워스는 흔히 볼 수 있는 정체성의 특징을 무시하는 대신 아무도 개의치 않는 특징에 주의를 기울인다.

파워스의 연출 기법은 보통 그의 신부들에게서 기대되는 인생 이야기를 뒤집는 것이다. 그는 삶 전체를 조명하려고 작은 사건을 파헤치며 그러고 나서 그 삶 자체가 모순적이라는 것을 보여 준다. 예를 들어 「사나운 여인」의 내용은 어느 저녁 사제관을 배경으로 펼쳐지는 이야기로, 널티 신부, 퍼먼 신부, 그리고 두려움이 없고 드세며 소름끼치는 그의 가정부 스토너 부인이 등장한다. 퍼먼 신부는 완벽한 대의명분을 가지고 성직자가 되었지만 결국 그가 해야 하는 일은 매일 밤 감당하기가 힘든 스토너 부인과 사제관에서 함께 가정적인 생활을 하는 것이다.

퍼먼 신부의 생일, 친구인 널티 신부가 축하파티를 도와주러

왔다. 하지만 저녁 식사는 수그러들지 않고 계속되는 가정부의 가십과 잔소리 덕분에 소설 내에서 묘사하는 말마따나 "난장판"이었다. 그녀는 입맛이 없다는 주교에 대해 험담을 하고, 경쟁자인 다른 가정부를 "천벌 받은 거짓말쟁이"라고 부르며, 두 신부들보다 교회 일에 더 관심이 많은데, 특히 개종과 그것의 신뢰성에 더 관심을 둔다. 신부들은 종교에 특별히 관심을 더 두지는 않는데, 이는 그것이 그들의 삶이고 또 직업이기 때문이다. 종교는 스토너 부인에게 취미이자 강박으로, 아무리 해도 만족하는 법이 없다. 그녀가 『리더스 다이제스트』에서 읽은 원자폭탄 이야기와 콩으로 만든 운전대 이야기로 둘 사이를 끼어든다. 두 신부는 그들이 공유하는 우정과 친밀함에 대해 이야기하고 싶어 하지만 둘을 내버려 두지 않는다. 질투심을 느끼기 때문이다.

그녀는 집과 퍼먼 신부를 보호하며, 또한 아주 끈질기기도 하다. 신부들은 전에 와인을 같이 마셨고 둘이 있을 때 "더 좋았다". 하지만 이제는 스토너 부인이 무서워 와인 대신 물을 마시고 있다. 식사도 허둥지둥 해야 했고, 부인이 대화의 주제를 좌지우지하게 내버려 두어야 했다. (부인은 그들과 같이 식탁에 앉는다.) 스토너 부인은 널티 신부가 후식을 먹은 뒤 겨우 여덟 시면 재빨리 돌아가게 할 정도로 이제 오랜 친구인 두 사람 사이를 침범하는 지경에 이르렀다. 부인은 복수심에 길들여져 있으며 소설의 표면에서 그리 깊지 않은 곳에 묻혀 있는 이야기를 하자면, 그녀와 퍼먼 신부는 어떤 면에서 결혼한 사이처럼 묘사된다.

'가짜' 아내 스토너 부인은 엄청나게 잔소리를 많이 한다. 이런 식이다. "그녀는 그의 책을 감추고 담배를 피우지 못하게 하고 신부의 친구도 골랐으며 (대개는 부인 친구의 사제들) 해가 진 후에 방문하는 사람에게 호통을 치고 카드게임 할 때를 제외하고는 유머감각이 없었다. 있다고 해도 아주 섬뜩했으며 도끼날 같은 얼굴로 적대적인 표정을 하고 매일 아침 미사에 참석했다. 어쨌든 그녀는 미사에 참여했고 어떤 때는 미사에 참석하는 유일한 사람이었다." 그녀는 "돈을 아꼈고, 전기도 아꼈고, 실도, 가방도, 설탕도 아껴서 그를 구조한 절약가였다. 그것이 그녀가 한 일이었다. 그것이 바로 그녀가 했다고 주장하는 것이고 그 부분에 있어서 그녀는 옳았다. 그리고 어떤 면에서 그녀는 대개 옳았다." 구세주(savior)라 하지 않고 구조자(saver)라 말한 대목에 주목하라.

이 단락은 「사나운 여인」의 극적인 클라이맥스에서와 대조적으로 해설적이다. 소설은 이야기의 제목이 반어적 효과를 내기 위해 붙인 것이 아니라고 확실히, 아니 적어도 완전히 그것을 위한 것이 아니라는 사실을 명확히 하고 있다. 스토너 부인은 퍼먼 신부를 도왔고, 계속 그를 돕지만, 그의 방식이 아닌 그녀의 방식만으로 행한다. 이것은 가톨릭교에 대한 것이 아니다. 그것은 결혼에 내재한 서브텍스트이고, 이는 또한 몹시 부당하다. 그리고 대다수의 불만족스러운 배우자들처럼 퍼면 신부는 아내도 아닌 이 여자를 쫓아낼 계획을 세우기는 하지만, 구상한 계획 중 어느 한 가지라도 실행하는 자신의 모습을 상상하지는 못한다.

이 이야기 속에서 펼쳐지고 있는 커리어스 게임은 곧, 고약한 극적 아이러니로 정리되는 평생의 결혼 생활을 말한다. 영적 삶을 원했건만 정황상 스토너 부인과 결혼한 것과 같은 삶이 주어진다면 어떻겠는가? 영혼을 구하고 싶었지만 실제로 구한 것이라곤 실, 설탕, 돈 그리고 전기였다면? 그녀의 이름 스토너(Stoner)가 암시하듯이 스토너라는 '반석' 위에 교회가 세워지고 있다면? 주부처럼 알뜰한 사람을 통해 퍼면 신부가 얻게 된 것은, 그가 바라고 구했던 것은 아니지만 그는 그것과 사는 수밖에 없다. 그 결과는 희극(comedy)의 일종이다. 형이상학적 희극(metaphysical comedy)과 풍속희극(comedy of manners)으로, 이는 잘 포착되지 않고 표현하기도 쉽지 않다. 이야기는 세 장면으로 끝이 난다. 첫 장면은 널티 신부가 떠나자마자 스토너 부인과 퍼면 신부가 살벌한 분위기에서 벌이는 카드게임이다. 신부와 가정부가 매일 밤 벌이는 게임은 허니문브리지이다.

작가는 카드게임을 주도면밀하게 연출하고 있다. 그는 "카드 탁자의 다리는 쭈르륵 미끄러져 그의 다리에 부딪히고"라고 시작하면서 스토너 부인이 카드 탁자를 펴면 신부가 앉아 있는 곳으로 밀어붙이는 방식을 묘사한다. 물리적인 것이 물리적인 몸에 부딪치며 등장인물들은 협소한 공간을 꽉 채우고 있다. 그리고 "강 위에 떠 있는 카지노의 늙수그레한 도박꾼 같은 거리낌 없는 대담한 기교"로 그녀가 카드 패를 뒤섞는 방식을 표현한다. 첫 번째 세부사항은 순전한 신체적 침입과 친밀함의 종류 가운데 하나로, 작지만 감지할 수 있는 상세묘사로 장면에 생기를 불어넣는다. 두 번째는 스토너 부인이 펴면 신부를 그랜드 슬램으로 완패시키는 카드게임의 뒷부분으로, 그녀가 어떤 사람인지 압축해 비유적으로 독자들에게 보여 준다. "그녀는 비열한 승리자였다. 여기, 그들이 함께한 긴 하루의 씁쓸한 끝으로 그들이 말하고 싶었던─그는 말하지 않았고 그녀는 말할 수 없었던─모든 것이 카드게임을 통해 숨김없이 드러난 최후의 잔인한 시간이었다." 이 문장은 이야기 속에서 유창하게 설명할 수 없는 복잡한 서브텍스트의 존재를 알린다. 서로에게 하고 싶었던 모든 말들, 말할 수 없었던 것 혹은 말하지 않았던 것이 카드놀이에 드러난다.

단언하건대 이 모두는 '희극'이다. 하지만 주의 깊은 독자라면 "지독한", "쓰라린", "잔인한"이라는 표현에 주목했을 것이다. 스토너 부인도 펴면 신부도 어떤 분노를 느끼고 있다. 그들의 삶에, 집안에서의 생활방식에, 두 사람이 한 쌍이라는 것에, 존재 그 자체에 분노하고 있다. 주제는 뒤집어지고 어두운 그늘은 폭로되었다. 희극은 깊게 뿌리박은 어두운 자취를, 절망을, 그 무게의 근원을 잠시 내보였다. 가정에서 벌이는 카드게임의 중심에는 살육과 앙심이 자리 잡고 있는 것이다.

카드놀이가 끝난 후, 퍼먼 신부는 안락의자를 흔들며 "밤마다 막연한 세상으로 여행을 떠나" 그곳에서 잠시 머문다. 두 사람이 각자의 침실로 자러 가는 다음 장면에서 우리는 스토너 부인이 고용인이 머무는 뒷방이 아니라 손님방을 차지한 사실을 알게 된다. 퍼먼 신부가 자신이 이야기의 서브텍스트를 생각하도록 내버려 두면서, 우리는 스토너 부인이 사제관에 처음 모습을 보일 때부터 그를 남편으로 여겼다는 것을 알게 된다. 그렇지만 이것은 상상도 할 수 없는 생각이며—상상이 불가능하다고 간주되는 생각은 모두 서브텍스트라 할 수 있다—이야기 속에서 일련의 외침, 맹세, 느낌표, 그리고 부정적 단언을 불러일으킨다. "이런! 하나님 도와주소서! 그녀가 이날 이때까지 그를 **그런 존재로** 잘못 생각하고 있었단 말인가요? **그런 존재로**! 그를! 관대하신 하나님! 설마! 그건 너무합니다. 소름끼치는 일입니다. 맙소사. 다시는 그런 생각을 하지 않을 겁니다. 결단코."

퍼먼 신부는 그런 상황에서 이런 생각을 할 수 없는 단 한 명의 인간이다. 독자들은 하나하나에서 경계경보를 느꼈다. 여기가 바로 극적인 아이러니가 드러나는 부분으로, 그것을 구체적행동으로 옮긴 널티 신부를 포함해 이야기 속 등장인물은 모두느끼고 있었다. 퍼먼 신부만이 그것을 생각하지 못했는데 인간은 가장 가깝고 가장 민감한 것에 대해 자가당착에 빠지기 쉽기 때문이다. 퍼먼 신부는 너무 편리하게도, 그게 보이지 않을정도로 익숙해진 나머지 이 상황이 제대로 보이지 않는다.

우리는 포스트프로이트, 포스트휴머니즘, 포스트모더니즘등 거의 모든 것의 '이후'(post) 세대에 살고 있지만 세상은 여전히 상상할 수 없는 일로 가득하며 이는 안톤 체호프의 전통에서 이야기의 핵심적 역할을 한다. 상상할 수 없는 생각은 누군가가 생각도 못했던 일이 아니며, 또 어떤 사람이 잘못되었다고 여기는 생각도 아니다. 상상할 수 없는 일은, 한 개인의 존재 자체를 위협하기 때문에 파괴적이며 그리고 그 결과, **생각할 수도 있고 또 생각되어** 왔지만 의식의 흐름에서 밀려나 의식의 가장자리에 곪아터지는 곳에 포섭되었다. 영혼의 어두운 밤은상상도 할 수 없는 생각들로 밝혀진다. 모든 이야기는 상상할수 없는 생각으로부터 그 동력을 끌어낼 수 있을 것이다.

끝으로 퍼먼 신부가 잠자리에 들려고 할 때 모기 한 마리가그를 귀찮게 괴롭히는, 소설의 마지막 장면으로 돌아가 보자.그는 물론 화가 치민다. 삶이 자신에게 장난을 치며 스토너 부인과 자신을 영구히 짝을 지어 주었다고 어렴풋이 직감으로 느끼게 되었기 때문이다. 이에 격분한 그는 방안을 분주히 뛰어다니며 모기를 때려잡고 또 홧김에 성 요셉조각상 근처에서 무기를 휘두르다 조각상을 쓰러뜨려 깨부순다. 이 소란에 잠을 깬 스토너 부인은 "강도가 신부님을 침대에서 죽이는" 소리로 착각하고 그를 구하려고 침실로 내려온다. 그녀는 참으로 용기 있고 과감하다. 살육은 이번에도 그녀의 상상 속에 있다. 신부가 모기 때문이라고 또 암컷만이 문다고 말하자, 오직 암컷만이 무는 것은 맞지만 알을 낳으려면 피가 있어야 한다며 그녀는 신부의 잘못을 지적한다. 스토너 부인은 『리더스 다이제스트』의 충실한 독자로 이런 것도 알고 있다. 나 같으면 '어설픈 통찰' 정도라 이름 붙일 것들을 이야기는 훑고 지나가지만 퍼먼 신부는 그럴 시간이 없다. 소설은 다시 한 번 그가 격분하여 돌진하는 가운데 끝난다.

　　J. F. 파워스는 등장인물들을 이 같은 상황에서 교묘하게 다루기를 즐긴다. 인물들이 비난받을 때도 있지만 이것은 플래너리 오코너가 그리는 세상이 아니다. 파워스의 인물들은 보통 목을 매달지도 않으며, 눈에 석회를 바르지도, 자가당착에 빠져 살고 있음을 깨닫고 움직이는 것은 뭐든 쏴 죽이지도 않는다. 파워스는 자가당착적 상황을 인간에게 흔히 있는 일로 여기기 때문에 소설의 훌륭한 공급원으로 본다. 작지만 솜씨 있게 만

들어 놓은 이 이야기를 통해 파워스는 커리어스 게임에서는 사실상 그 누구도 이길 수 없다는 사실을 독자에게 보여 준다. 심지어 규율이나 법칙에 있어 정통할 뿐 아니라 그 수호자이기까지 한 신부들조차 말이다. 하지만 운명은 신부나 혹은 다른 누구라도 특별히 존중을 하지는 않으며, 이러한 아이러니는 이야기의 원천이 된다.

3. 들리지 않는 선율

내 아들은 고등학교 졸업반일 때, 진학할 만한 곳인지 어떤지를 알아보러 학구적인 작은 마을에 숨어 있는 여러 대학교를 둘러보고 다녔다. 이 같은 의식은 부모나 대학 입학을 앞둔 자녀들에게 익숙한 일이긴 하나 이 일을 하는 모두에게 즐거우면서도 동시에 괴로운 일이다. 미래에 다닐 학교를 주도면밀하게 살피는 일은 오랜 이별을 위한 긴 서곡인 까닭이다. 하지만 대학이 느긋한 부모들과 초조해하는 자녀들에게 수업을 참관하도록 흔쾌히 허용한다면 고통은 줄어들 수도 있다. 학부모들은 진행 중인 수업의 주제에 대해 모를 수도 있지만 대학에서 제공하는 일종의 배려로 교실 뒷줄의 깨진 플라스틱 의자에 앉아 수업을 들을 수 있다. 그래서 어느 가을 오후, 나는 중서부의 아담한 대학의 볕이 잘 드는 철학 세미나에 들어갔는데(아들은 다른 교실에 있었다), 거기서는 철학자 키르케고르를 공부하고 있었다. 그날은 키르케고르의 저서 『철학적 단편』을 놓고 토론을 벌이고 있었고 주제는 '알지 못하는 것(unknowable)에 대해 생각하는 것의 문제는 무엇인가'였다.

'알 수 없는 것에 대해 생각하기'라… 처음에는 꽤 터무니없이 들렸다. 하지만 **완전히** 터무니없는 건 아니었다. 아주 똑똑하면서 요란하고, 훌륭하면서 거만하고, 논쟁적이면서 유별난 학생들은 모두 비슷하게 깨진 의자에 앉아서 상체를 젖히고, 코를 풀고, 긴 머리카락을 헝클으며 키르케고르의 금언적이고 고뇌에 찬 명제에 대해 놀라운 견해를 내놓았다. 나에게 그 주제는 굉장히 중요하게 느껴졌고 나는 누구나 이 주제에 대해 심사숙고해야 한다는 생각이 들었다. 우리는 알지 못하는 것에 대해 어떻게 **생각을 할까**? 그것에 관해 생각하는 일이 **가능할까**? 시도를 한다는 것조차 어리석은 일은 아닐까? 아는 것에서 모르는 것을 추론하는 일이 이치에 맞는 일일까?

이 질문은 아주 훌륭한 역사를 가지고 있으며 많은 세대의 사상가들이 기를 쓰며 매달려 온 철학적 접착제 역할을 했다. 나는 세미나실에서 겨우 한 시간 남짓 있었을 뿐이긴 해도, 또그 이후에 다시 키르케고르의 사상을 들여다보았을 때에도 여전히 그의 논리인 '알지 못하는 것에서 아는 것**으로**'에 대해 정확히 이해하지 못했다. 하지만 알지 못하는 것의 문제는 적어도 내게는, 그것과 연관이 있는 다른 문제로 이어진다. 그것은 지금 우리 시대와 사회에 대단히 중요한 문제로, 바로 어떻게 "들리지 않는, 혹은 들을 수 없는 것"에 대해 생각하느냐이다.

☼

나는 지금 함축(overtone)이나 설익은 제안, 혹은 암시에 대한 이야기를 하려는 게 아니다. 또, 우리를 향한 하나님의 말씀—키르케고르의 말에 따르자면 '듣지 않는 걸 선택할 수 있을'—에 대한 이야기도 아니다. 우리는 더 이상 존 키츠가 말하는 '그리스 항아리'의 영역—만약 우리가 그 영역에 있었다면—에 있지 않다. 그는 이렇게 표현했다. "들리는 가락은 달콤하지만, 들리지 않는 가락은 더욱 달콤하다…." 그렇다, 확실히 맞는 말이다. 하지만 그렇지 않다. 지금 시대에는 들리지 않는 것은 달콤하지 않다. 그것은 봉쇄, 주의산만, 배출, 소음 통제, 사적인 검열, 생존가능성, 약물, 자기우월, 엿이나 먹어라는 식의 마음상태, 순전한 조바심의 하나로, 현대 생활방식의 과잉의 결과에서 비롯되었다. 그 사례를 보자. "설령 당신이, 지금 바로 이 순간에 내 앞에서 이야기를 한다 해도 나는 당신 이야기를 들을 시간이 없어. 소리를 지르려면 질러. 나는 **듣지 않을**

거야." 내 귀는 닫혔으므로.

첫 번째 질문: 당신이 기내에서 승무원이 안전벨트 사용법 안내를 할 때 마지막으로 귀 기울인 것은 언제였는가?

두 번째 질문: 어째서 "그걸 말이라고 하냐"*라는 표현은 반어적으로 사용되며 일상의 표현으로 다시 등장하게 되었나?

하루, 그리고 이틀. 단순히 우리의 일상을 보내기 위해 우리는 불필요한 것을 거르는 여과 장치가 필요하다. 아미시교도**와 TV, 컴퓨터를 내다 버리고 외출을 삼가는 사람이 아닌 다음에야 매일 오감을 통해 들어오는 유해한 정보를 최소한으로 유지하기란 어려운 일이다. 특히 대도시에 사는 사람들에게 효율적인 여과는 더더욱 어려운 과제다. 정보여과가 현시대만의 현상은 아니지만 엄청난 양의 정보와 극도로 공격적인 마케팅은 우리시대의 독자적 현상일 것이다. 불필요한 사항을 긴급한 것으로 만들어 버리는 폭스 채널의 긴급속보 방송은 좋은 예가 될 것이다. 돌아가신 우리 할아버지가 공항 터미널 대기실 TV 앞에 앉아 공항 방송을 보시는 상황을 상상해 보면, 호수 언저리가 침식되듯 정신 역시 침식되었을지 모른다. 나는 1921년에 돌아가신 할아버지가 고속도로 차량의 행렬에 끼어 있는 상상

---

* "duh"; 주로 상대의 행동이나 말에 터무니없다는 투로 답변할 때 사용한다.
** 암만파의 신도. 매우 검소한 생활을 하며, 전기와 자동차 등을 사용하지 않는다.

은 할 수도 없으며 또한 그 상황에서 할아버지가 발작을 일으키지 않으리라 생각하기도 어렵다. 정신이상의 한 형태에 대해 사회 심리학자들이 연구한 바에 따르면 이는 감각 소음을 적정 수준으로 차단하지 못함에서 비롯된다고 한다. 지나친 자극은 아이들과 노인들 모두가 경험하는 증상으로 이들은 혼란한 상황에서 안전거리를 확보하지 못하면 보통은 소리를 지르는 것으로 그에 반응한다. 많은 학자들은 주의력 결핍 장애는 풍족함이 지나친 현대 사회의 부산물이라 주장한다. 피해자들은 현시대의 홍분제라는 석탄불 위를 걸으며 화상을 입고 있다.

'주의산만'(distraction)과 '광기'(madness)라는 말은 어원학적으로 서로 관련이 있다. 하지만 정보를 소음과 분리하지 못하는 정신 상태인 '주의산만'은 심리적 난청(psychic deafness)이나 간접적인 부정(referential denial)과 같은 기제를 가진다고 하기는 어렵다. 난청과 부정은 우리가 들리는 것을 더 이상 받아들이지 못할 때 나타난다. 자기애(Narcissism), 병적인 자기우월 성향(egomania), 정신적으로 상처받기 쉬운 상태——자발적 난청의 탑을 받치고 있는 세 개의 대들보이다. 그것은 모든 대화 속에서 서브텍스트를 가리키는 무언의 표시이며, 동시대 대화체의 작품은 이 세 가지 요소 모두에 의해 특징지어지며, 거투르트 스타인이 동시대에 같이 존재하는 황홀함이라고 불렀던 홀륭한 작품의 표시이다. 오늘날, 당신이 홀륭한 작가라면 사람들이 주의를 기울이지 않는 방식에 주의를 기울일 것이다.

전에 어떤 여자가 "저는 당신 말을 듣고 있지 않아요. 조금 전에 보청기를 꺼버렸거든요" 하고 내게 말한 적이 있었다. 물론 그녀는 보청기를 끼고 있지 않았으며 그저 당시에 통용되던 표현을 사용했던 것이다. 이듬해에 등장한 새로운 표현은 "내 손한테나 말해"(Talk to the hand)였다. 하지만 이런 상황에서도 부정의 힘은 타인의 고통에서 자신을 보호하기 위해 자기애가 만들어 내는 더 냉담하고 쌀쌀한 방호물과는 구별되어야 한다.

요즈음 가장 높게 쳐주는 대화의 특징은 등장인물들의 무신경함을 두드러지게 묘사하는 것이다.

의미를 명확히 하기 위해 나는 "들리지 않는 것 혹은 들을 수 없는 것(the unheard)"을 두 부류로 나누려고 한다. 들리지 않는 것의 첫 번째 형태는 위험하거나 견딜 수 없는 정보를 부정하는 반조직적 방식의 부정에서 비롯된다. 대체로 사적인 정보로서의 이야기인 경우, 참기 힘들기 때문에 이를 인지하지 못하기도 한다. 우리의 정신체계로는 그것을 듣는 압박감을 견딜 수 없기 때문이다. 두 번째 형태는 더 복잡하다. 우선, 이는 일상에서 우리가 하는 일종의 '필터'의 결과로 나타나며 이제는 생존방식이 된 '선택적 집중'을 통해 정보성 소음, 혹은 허튼소리를 주로 여과한다. 듣지 않아도 되는 정보에 귀를 기울일 필요는 없는 것이다. 광고는 우리가 몇 시간씩 아주 오래 무언가를 듣지 않는 방법을 가르쳐 주었다. '무시하기'의 숭고한 기술에 있어서 위대한 시조가 된 것이다.

여기서 두 번째 형태는 특유한, 그리고 개인적인 공백을 드러낸다. 여기서 내가 주목하는 바는 중요한, 아니 열정적이기까지 한 정보가 전달되고 있는데, 이게 수신자의 무관심과 무흥미의 '무'(無) 속으로 들어가 버렸을 때 일어나는 일이다. 이것은 특히나 흥미로운 형태라 할 수 있는데, 왜냐하면 듣지 않는 사람들이 짓는 흐리멍덩하고 멍청해 보이는 표정 때문이다. 무관심에서 오는 듣지 않음은 부정의 형태도, 일상의 여과장치도 아니다. 오히려 일종의 정신적 불투과성 상태로, 아무것도 전달되지 않는 상태를 뜻한다. 사용하지 않고 방치된 전화 교환기처럼 말이다.

이 유형에서 타인의 고통은 성가신 일로, 그저 골칫거리가 될 뿐이다.

두 번째, 세 번째 단계의 자기애는 자신을 직접적으로 언급하지 않는 정보는 아무것도 통과시키지 않지만 오로지 특정한 방식을 통해 자신(self)이 언급되도록 한다. 이를테면 강도 높은 재치를 통해서인데, 순수한 주제에 대해 끝없는 왜곡과 주의를 딴 데로 돌리는 형식이 그 예가 될 것이다. 내가 보기에 진정한 나르시시스트는 영속되는 상처에 고통을 느끼는 것 같다.

그 상처는 지엽적일 뿐 아니라 어떤 면에서는 핵심적이기도 하다. 그리고 이 고통은 그녀 혹은 그의 주의를 다른 곳으로 돌리게 한다. 하지만 명백히 정의할 수 없는 상처는 표현 불가능하다. 그렇다 해도 불충분할지언정 묘사는 필요하다. (일부 나르키소스 신화에서 나르키소스는 소리 없이 비명을 지른다.) 그러므로 나르키소스의 대화는 장황하고 걷잡을 수 없으며 대개는 재치 있는 불평이 주를 이룬다. 진정한 나르시시스트를 귀 기울이도록 자극하는 유일한 대화 형태는 보상(reparation)이다. 나르시시스트는 늘 어떤 입장을 취하고선 세상이 사과하기를 기다리고 있다. 만일 사과할 거리가 없다면 찬양도 괜찮을 것이다.

¤

우선 부정에 대한 몇 가지 예를 제공하려고 하는데, 이는 부정이 가장 확실하고 간단한 형태의 '듣지 않음'이기 때문이다. 게다가 이것은 레이더 수신기의 거대한 시스템 결함처럼 이해하기 쉽다. 우리는 집안에서 정신적으로 격해지는 상황을 해결하는 방법은 그것을 언급하지 않고 그대로 두는 것이라 알고 있다. 하지만 서브텍스트가 존재감을 드러낼 때는 무슨 일이 일어나는가? 서브텍스트가 목소리를 낼 때, 그것은 여전히 들리지 않는 걸까? 아무도 볼 수도 들을 수도 없었기 때문에 온갖 희생으로 부정되어 왔던 것은 모습을 드러냈다가 다시 가라앉는다. 긴장이 고조된 상황에서 수신 장치가 고장났기 때문이다.

이 같은 상황의 훌륭한 예는 토니 커시너의 『미국의 천사들』 제1부 중반에서 발생한다. 모르몬 교도이며 변호사인 조는 기혼이지만 커밍아웃 하지 않은 동성애자로 마침내 그의 어머니인 한나에게 전화를 하고 자신에 대한 진실을 말하려고 한다. 그들의 대화는 몇 가지 질문으로 시작된다.

조: 엄마, 아빠가 날 사랑했어?

한나: 뭐라고?

조: 나를 사랑했냐고?

한나: 집에 가서 다시 전화해.

조: 대답해 줘.

한나: 아니, 정말 이럴 거니. 넋두리를 늘어놓는구나. 이런 얘
　　기는 하지 말자.

조: 응, 그런데, 지금부터가 시작인데.

　　(침묵)

한나: 얘야?

조: 엄마, 나 동성애자야, 엄마.

　　거참, 어렵게 나왔네.

　　(침묵)

여보세요? 엄마?

내가 동성애자라구.

(침묵)

제발, 엄마. 뭐라고 말 좀 해봐.

한나: 이렇게 생떼부리지 않고도 네 아버지가 너를 사랑하지
    않았다는 걸 알 만큼은 크지 않았니?

이 시점에 한나는 조에게 집에 가서 푹 자라고 지시한다. 하
나의 무해한 주제가 인화성 있는 주제를 대체한다. 이 같은 상
황은 늘 있는 일이다. "나랑 헤어질 거라고? 잠깐, 이 지역 싸구
려 샴페인을 어떻게 생각해?" 동성애 문학과 다수의 연애소설
은 보통 이런 종류의 참을 수 없는 진실의 순간으로 가득 차 있
으며 인물의 억센 고집으로 인해 듣지 않는 사람이라는 정체가
드러난다(윌리엄 트레버의 단편소설「토리지」를 보면 매우 멋진 예가
나온다). 조의 고백은 한나에게 완전 텅 빈 상태로, 들리지도 눈
에 띄지도 않는, 침묵으로 방해된, 아무것도 아닌 무(nothing)이
다. 자신이 듣고 싶지 않으며 감정적으로 소화할 수 없는 것은
듣지 않을 수 있는 그녀는 혹시 아들이 술을 마셨는지 — 그것
은 죄이므로 — 묻고는 그에게 잠을 자야 한다고 우긴다.

이처럼 극적인 순간을 보여 주는 본보기라 할 수 있는 유진

오닐의 『밤으로의 긴 여로』는 등장인물들이 마주하기에 너무나 고통스러워 그들의 표명(manifestation)은 거의 보이지 않으며 명백히 존재하지만 말하기를 꺼리는 거의 논의할 수 없는 두 개의 서브텍스트로 구성되어 있는데, 바로 에드먼드의 질병과 메리의 마약 중독이다. 에드먼드의 병은 그의 목숨을 위태롭게 하고 메리의 중독은 그녀를 불안정하게 만든다. 오닐은 『밤으로의 긴 여로』의 사적이고 자전적인 요소들이 심히 고통스러워서 자신의 희곡을 차마 볼 수 없었기에 그가 살아 있는 동안 공연을 하지 못하게 했다. 그런 의미로 본다면 그는 말 그대로 들을 수 없는 극본을 자신을 위해 집필한 것이다. 어떤 면에서 그는 극작가로서 자신이 쓴 희곡 속에 존재하는 그런 상황을 재현했다.

희곡의 대화(theatrical dialogue)를 쓸 때 부정의 힘, 어쩌면 그 대화 자체를 과대평가하기는 어렵다. 정중함의 예법을 포함해 부정에는 보통 문화적 이점이 주어지기에 부정은 매일 욕망과 싸운다. 연극은 그 균형을 바로 잡아야 한다. 부정의 근원인 우리의 사각지대는 ── 만일 그것을 찾아내고 효과적으로 에돌아서 쓰거나 혹은 낱낱이 쓸 수 있다면 ── 공급원 같은 역할을 한다. 어찌되었던 작가들은 가명을 사용해 쓸 수 없는 것에 대해 쓰는 경향이 있다. 스스로에게 유해한 이야기를 쓰기 위해 '다른 사람'이 되는 것이다.

오닐에게 『밤으로의 긴 여로』의 상황은 쓸 수도 볼 수도 없는 것이었고 그렇기 때문에 어느 정도 암호화되어 쓰여야만 했다. 그의 연극은 서서히, 하지만 반드시 다른 인물들을 끌어들여 상황을 더욱 악화시키는 대표적 예이다. 그 소용돌이 속에서 작품을 쓴 작가 혹은 일부 구경꾼들은 시간성을 초월해서 또렷하게 볼 필요가 있다. 설령 등장인물들은 그것이 불가능하다 해도 말이다.

만일 그 모든 부정에 대항하는 다른 힘이 없었다면 오닐의 연극은 활기가 없었을 것이다. 부정만 있다면 이야기를 구성하는 데 부정적 힘만 초래한다. 그리고 이것은 "아니야"라고 고집하면서 어떤 방향으로도 진행하기를 거절해, 극의 부동성으로 이어진다.

이야기에서는 상처를 드러내야 한다. 반드시 무슨 일이 벌어져야 한다. 이런 면에서 유진 오닐은 『밤으로의 긴 여로』의 등장인물을 제대로 골랐는데, 네 명의 중심인물 모두 끊임없는—나라면 '점화플러그'라고 부를— 자기 연출자이며, 이들은 타인의 말을 잘 듣지 않고, 듣는다고 해도 가려서 듣는 사람들이기 때문이다.

자기 연출자들(self-dramatizers)은 사람들이 자신들을 관찰하고 있음을 알지만 자신들은 타인을 관찰하는 데 능숙하지 못하다. 그들은 열변을 토하고 세상의 관심을 자신들에게 돌리면서 주목하기를 강요하지만, 그들이 주의 깊게 듣는 일은 거의 없다. 그러한 자질을 잃었기 때문이다. 오랜 기간의 숙달로 그들의 행동은 과장이 심하다. 또 다른 사람이 말하는 바를 이해하지 못하게 되어 종종 자신들이 어떤 세계에 존재하는지 모르게 되며, 이로 인해 감정은 갑자기 폭발하게 된다. 그리고 이것이 바로 티론(Tyrones) 가족 모두에게 계속해서 일어나는 일이다. 이런 유의 사람들은 이야기나 다른 등장인물들이, 스스로가 얼마나 자연스럽지 못한지를 깨닫는 작품에서 소재로 사용하기에 멋진 인물들이다.

이것은 우리를 이제 두 번째 형태의 들리지 않음 —— 일반적인 여과 처리과정 —— 으로 안내한다. 만일 대부분의 대화가 허튼소리 —— 그것이 유쾌한 헛소리라 할지라도 —— 로 구성된다면, 사람들은 어떤 중요한 언명이 실제로 있을 때를 대비해 경계태세를 늦추지 말아야 한다. 언명은 나머지 대화와 너무 어울리지 않을 때도 있어서 그 결과로 초래된 파열은 고칠 수 없다. 진실은 늘 헛소리보다 낫지만 오직 방안에 있는 누군가가 주목하고 있을 때에만 그렇다. 갑작스러운 주목의 충격은 묘하게 미국적인 장면으로 보일 때도 있지만 나는 늘 내 자신에게 그렇지 않다고 말한다. 영국 문학은 갑작스러운 분위기 전환과 세심하게 주의를 기울이는 것을 즐긴다.

풍속희극에서는 순진하거나 꾸밈이 없거나 혹은 관계에 능한 사람이 등장하기 전까지 누구도 주위를 기울여 듣지 않는다. 그리고 그 같은 인물이 나타날 때 즈음이면 모든 사람들은 어떤 태도를 취해야 할지 모르게 된다. 19세기 소설에서 주요 인물은 둔감함을 비추거나 교양 없음을 갑작스럽게 드러내는 방법을 통해 소설의 흐름을 바꾸었다. 예를 들어 제인 오스틴의 엠마는 어느 정도 고의적으로 친구를 모욕하면서 스스로도 놀라는데, 이것은 엠마의 못된 구석까지 있는 천박함을 독자가 알 수 있게 되므로 놀라운 장면이라 할 수 있다. 분위기를 깨뜨리는 행위 혹은 갑작스럽게 주목하는 행위는 제인 오스틴의 소설에 단골로 등장해서 플롯이 조절하는 역할을 하며 이 전통은 이블린 워의 『브라이즈헤드의 재방문』에 고스란히 살아 있다.

지금 내가 '여과'라고 묘사하는 대화의 양식은 어떤 예술가가 알아보기 전까지는 예술이 아니다. 그것은 말을 하고 있는 '듯한' 사람들에게 귀 기울이고 있는 '듯한' 상태이다. 그러므로 대부분의 표현은 이야기를 어림잡는 상황에 있으며 풍속희극의 형식이 길을 터줄 때까지, 그리고 주요 인물들이 진심을 말할 용기를 낼 때까지 상세히 설명할 필요가 없다. 그 이전의 소음은 지금 우리가 "어쩌고저쩌고" 혹은 "기타 등등"이라고 말하는 것들이다. 하지만 이것이 완전히 허튼소리만은 아니며 주의를 기울여 들으면 뭔가 무거운 장치가 그 뒤에서 움직이고 있음을 알 수 있다. 그 무거운 장치는 무대뿐 아니라 '모든 것이 괜찮다'는 환상을 깨뜨리며 무대 위를 덮칠 것이라 위협한다.

내가 그 남자한테 말했다. "당신이 쓴 것을 정말로 믿는다면 머리통을 날려버렸어야 한다"고.

"뭐, 위스키는 괜찮아." 손목에 붕대를 감은 여자애가 말했다.

"그런데 젠장 술은 안 돼, 성장을 방해한단 말이야. 새끼고양이한테 준 적이 있어."

바로 옆, 커다란 임부복을 입은 여자가 말했다. "사팔뜨기는 나한텐 불운을 불러와요."

"사팔뜨기만 그런 건 아니죠." 꺽다리 여자가 계속 지껄였다. "주름살이 가득하고, 목발을 한 얼간이도 그렇지요. 한 사람이 이 모든 면을 다 갖고 있는 걸 상상이나 할 수 있겠어요? 한 술 더 떠 주름잡은 양복에다 뒤로 졸라맨 허리띠는 어떻고요?"

이것은 윌리엄 개디스의 소설 『인식』의 괴상한 파티 장면에서 발췌한 것이다. 이러한 요소들을 염두에 두고 이제 로리 무어가 구상한 영역으로 가 보자.

로리 무어의 소설에는 이야기가 진행되면서 대놓고 드러내는 위트의 발판이 있다. 소설에서 위트는 일종의 유쾌하게 찌르는 공포를 덮어 감춘다. 첫 번째 소설 모음집인 『자기계발』은 흥미롭게도 18~19세기 여성의 행동지침에 대한 학문적 연구가 관심을 모으고 있을 즈음 나왔다. 로리 무어의 이야기들은 비참하게 운이 다한 사람들의 법칙을 연달아 펼쳐놓은 것처럼 보이는데, 그 중 「다른 여자가 되는 방법」은 가장 유명하다. 이야기는 몹시 지적이고 종종 아주 웃기지만 그 밑바탕에는 미국 실용주의에 반하는 것처럼 보인다. 이는 마치 미국 문화에서 자기계발을 실용성으로 오독해 온 우리의 긴 역사를 보여 주는 듯하다. 실용주의 문화 안에 있다고 해도 극단적인 조건 속에서 규칙 체계는 작동하지 않을 것이며 사람들이 듣고 싶은 것만 듣거나 아예 듣지 않을 때는 특히 그럴 것이다. 추상적이고 정신적으로 당혹스러운 실수는 따르지만 그들이 실수를 할 때 즈음이면 아무도 웃지 않을 것이다. 그러므로 그녀의 소설은 절망적인 상황을 불안스럽게 쾌활한 방식으로 보여 준다. 그녀의 소설을 읽으면 자주 어떤 상황이 더 이상 웃기지 않다고 알아차리게 되며, 등장인물들이 여전히 모든 것은 희극적인 상황이라고 절박하게 가장할 때조차도 그렇다. 오케스트라가 멈추고 난 한참 후에도 댄서들은 춤 추기를 멈추지 않고, 관중들은 이를 경악하며 쳐다본다.

그녀의 등장인물들은 하나같이 거만한 태도로 무장하며 이런 식의 자기 무장은 로리 무어의 작품을 일종의 풍속희극의 한 형태로 분류되게 한다. 무어의 묘사적 수단은 걸출함 같은 것을 보여 주고 있으며 그 전략을 시도하는 등장인물들은 필연적으로 패한다는 것이다. 이 같은 걸출함은 그들의 상황을 바꿀 수 없으며 밝고 화려한 색조로 강조할 뿐이다. 그녀의 소설은 세련된 위트와 세속적인 정통함을 꽤 직설적으로 다루며, 한 번 유효했던 여과 장치는 압박감으로 무너지는데 이 같은 진행은 그녀의 단편 「여기엔 저런 사람들밖에 없어」에서 특히 눈에 띈다. 이 주제는 그녀의 작품에 시의적절함, 절박함, 압박감을 준다. 등장인물들은 보통 위트를 사용할 수 없는 곳에서 견뎌내고자 위트를 사용하고, 게다가 **들을 수 없는** 상황에서 사용한다. 사교 생활을 주제로 다루는 다른 훌륭한 작가들처럼 로리 무어도 위트와 귀 먹은 관중에 대해 쓴다.

예를 들어, 그녀의 또 다른 단편 「너도 못생겼잖아」에서 주인공 조애는 뉴욕시의 한 가장파티에서 여자로 변장한 남자 얼을 만난다. 조애는 찌르는 듯한 배앓이로 고생 중인 참이었다. 그녀는 얼에게 말한다. "사실은 최근에 진찰 받으러 많이 다녔어요." 얼이 어디 아프냐고 묻자 조애는 "유방 조영상(mammogram) 촬영을 했어요. 다음 주에는 사탕박스(candygram)를 찍으러 병원에 갈 거예요"라고 말한다. '걱정스럽게' 그녀를 쳐다본 뒤, 얼은 속을 채운 버섯 두 개를 그녀에게

권한다. 조애는 어쩌면 "담낭 수술일 것"이라고 농담을 하자,
얼은 곧 있을 조애 언니 결혼식 이야기로 주제를 바꾼다.

　주제는 다시 사랑으로 바뀐다.

　"사랑이라고요?"

　벌써 끝난 일 아니던가.

　"잘 모르겠어요."

　그녀는 곰곰이 씹더니 꿀꺽 삼켰다.

　"좋아요. 사랑에 대해 어떻게 생각하는지 말할게요. 사랑이
야기 하나 할게요. 내 친구 얘긴데…"

　"턱에 뭔가 묻었군요."

　얼이 말하면서 떼어내려고 팔을 뻗었다.

　번역: 당신, 이야기를 하고 있었군요? 그런 줄 몰랐어요.

　조애는 중서부로 이사 가는 친구 이야기를 하기 시작한다.
바이올린 연주자로 수상경력도 있는 친구가 남자친구의 무관
심으로 굴욕감을 느끼고 결국은 자살한다는 기가 막히는 이야
기이다. 얼은 이야기를 듣고 "당신은 언니와는 닮은 데가 하나
도 없군요"라며 대꾸한다.

　번역: 나는 당신 이야기를 좋아하지 않았고 귀담아 듣고 있
지도 않았으며 응답도 하지 않은 채로 이제 주제를 바꾸려고

합니다.

이즈음에 위트를 가장한 모든 겉치레는 드러났다. 일종의 '여과장치' 내에서 성차별, 두려움, 그리고 무자각이 일어났다. 조애는 얼에게 진지한 얼굴로 '호모'라는 말이 그에게 어떤 의미가 있는지 묻는다. 얼은 직장 여성과 데이트하지 말아야겠다고 대답하며, 또 지금까지 논리적으로 배치한 화제와는 상관이 없는 이야기의 뒤를 이어 소설은 소리 없이, 미묘하게, 그리고 꽤 혼란스러운 폭력 행위로 끝이 난다. 이때 아무도 웃지 않고, 웃어서도 안 된다.

사람들이 들을 능력이 없을 때 혹은 서로 귀가 완전히 먹거나 눈이 아주 멀었을 때, 만일 관찰자들이 (이 같은 상황에서 좀처럼 하지는 않지만) 필요한 거리를 유지한다면 그 결과로 빚어진 상황은 코미디처럼 보일 수 있다. 희극의 극작은, 적어도 일정 부분 오해, 잘못듣기, 오독, 희극적 자기중심, 그리고 매일 같이 일어나는 분절되는 대화에 달려 있다. 이 모든 것은 보거나 듣기에 재미있을 수 있다. 그러나 한편으로 그것은 듣지 않는 사람 혹은 강박적 훼방꾼이라는 형태로 막다른 벽을 마주한 사람의 기묘하고 무시무시한 고립상태가 된다.

현대의 나르시시즘으로 야기되는 대화의 결핍에 대해서는 분별 있는 논의가 있어야 한다. 우리 모두는 그런 타입의 사람이 누구인지 알고 있다. 장시간에 걸쳐 벽을 쌓고 일방적으로 떠드는 사람의 이야기를 들어 본 적이 없는 사람이 있을까? 그 같은 사람들은 자신에게 필요한 것을 얻을 때를 제외하고는 대화할 능력이 없다. 그들은 자신들에게 도움이 되는 치료를 스스로 끊임없이 하면서 삶의 문제를 놓고 대화에 나서야만 한다. 오페라 가수가 시작 신호를 기다리듯이 말이다. 한번 시작된 아리아는 막이 내릴 때까지 멈출 수 없다. 거기에는 듣는 사람을 겨냥한 질문도, 공동 관심사에 대한 질문도 없으며, 중요한 주제에 대한 호기심도, 진정한 오락도, 흥미로운 순간도 없다. 당연히 주거니 받거니 하는 대화란 있을 수 없다. 어떻게 가능하단 말인가? 듣는 사람이 결국은 지쳐 "맞아"라고 맞장구치는 데 지겨워서 외면하는 동안에, 결국은 덧거리밖에는 안 되는 의견이 있을 뿐이다.

◘

「사인필드」혹은 「섹스 앤더 시티」를 보는 재미 가운데 하나는 가끔 등장인물들이 얼마나 자주 다른 사람의 말을 경청하지 않는지 알아차리는 데 있다. 이 같은 방송의 대본은 대화를 위장한 채 자신들의 말만을 하는 혼잣말로 이루어져 있다.

몇 해 전, 한번은 당시 영문학과 직원이던 지인의 이야기를 듣고 있었는데, 그는 앞뒤도 가리지 않고 계속 혼자서 이야기하며 과장에 과장을 더해 도를 지나치며 "이 인간은 우둔하고, 저 인간은 멍청하고, 그 비평가는 돌대가리였어" 따위의 이야기를 줄줄 늘어놓는 바람에 나는 이야기를 중단시키려고 창 밖에서 퍼레이드가 벌어지고 있으니 가서 봐야겠다고 말했다. 우리는 전화 통화중이었다. 하지만 그 사람은 잠시 중단하고 "이제 봤으니 됐지?"라고 말하더니 다시 조금 전처럼 계속 말을 했다. 다른 친구가 이 사람에 대해 한마디했다. "당신이 자기 맘대로 움직이길 바라는 악당 같군."

종종 어떤 것이 '대화'로 여겨지는지 생각하는 또 다른 방법은 나의 중심 주제 — 절반쯤 의식하고 절반쯤 들리는 — 로 우리를 안내한다. 순차적으로 일어나는 대화의 조각 맞추기를 거부함으로써 대화의 행간은 숨어 있는 세계를 드러낼 수 있다. 대화가 삼천포로 빠지는 것은 일상생활에서 이제까지의 화제와는 무관한 이야기, 혹은 불합리한 추론으로 이루어진다. 심리치료사들은 늘 그런 형태의 비합리적 논리를 자세히 살핀다. 때때로 당신이 듣지 않는 것은 당신이 실제로 말하는 것보다 당신에 대해 더 많은 것을 말해준다. 우리 시대는 잘못 듣거나 신호를 보내거나 하는 일, 그리고 선별적으로 듣고 선별적으로 반응하는 일로 특징지어진다. 이는 정보의 공급과잉과 자기 연소와 연관된 특성이기도 하다. 주의산만은 집중력 부족의 증상일 수 있다. 집중력 부족은 정보의 홍수 시대의 특징이거나 그저 순전한 자기 우월 성향이 커져서 생기는 자연스러운 결과일 수도 있다. 가짜로 듣는 사람이 누구인지는 모두가 알고 있다.

노에스트리트에 있는 집안에서, 빅 진은 전화기에 대고 낮게 중얼거리고 있었다.

"거라, 거루, 닉자, 닉수."

전화를 끊고 나서 그는 수화기 위에 붙여 놓은 스티커를 가볍게 두드렸고, 어금니 사이로 공기를 불어넣어 심벌즈 치는 소리를 냈다.

"네덜란드 사람들은 그렇게 말하지." 그가 알리슨에게 말했다.

"커루. 바두. 크랙커루."

"누구랑 통화했어?"

그는 코듀로이 쿠션에 기대더니 몸을 힘차게 긁어대기 시작했다. 미소가 그의 얼굴에 번지고 좋아서 몸을 옴질옴질 움직이고 눈꺼풀이 푸덕거렸다.

"어떤 알맹이 없는 멍청이. 만만한 앞잡이. 성가신 이."

그는 여전히 입을 벌리고 누워서 운율이 맞는 단어가 떠오르기를 기다리고 있었다.

"나한테 온 거 아니었어?"

그녀를 올려다보자 그의 눈에는 눈물이 고였다. 그녀의 질문에는 전혀 관심이 없는 것처럼 슬픈 듯 고개를 가로저었다.

로버트 스톤의 「모호한 물병자리」의 일부로 여기서도 내가 언급했던 무관심의 차가운 미소를 담고 있다. 이러한 대화는 등장인물들이 주의를 기울이고나 있는지, 만일 그렇다면 무엇에 주의를 기울이는지 알려주는 역할을 하면서 그 자체의 의미 ── 이러한 대화는 기능상 내용이 없다 ── 를 부정한다.

대화는 그 문화를 대변하는 가락을 연주한다. 멀티태스킹의 시대에 사람들은 아마 더 많이 이야기하고 더 적게 들을 것이다. 이야기하는 데는 비용이 들지 않으며 또 오랫동안 그래 왔지만 이제는 듣기와는 달리 오락거리가 되었다. 휴대전화에 중독된 사람들을 보라. 주의를 기울여 듣는다는 것은 이제 아주 별난 일 혹은 순진한 일이 된 듯하다. 오직 정신과 의사들만 듣는다. 돈을 벌기 위해서. 소설 속 등장인물들이 듣지 않을 때가 있는지 보려고 최근에 토머스 하디의 『더버빌가의 테스』를 다시 읽어 보았다(나는 여기서 '듣지 않음'과 '오해'를 구별해 읽었다). 없었다. 등장인물들이 오해할 때는 있지만 그들은 항상 서로를 세심하게 듣고 있었다. 『테스』에서 침묵은 꽤 설득력이 있다.

우리 시대 소설은 모두 듣지 않기, 골라 듣기, 그리고 평행선을 달리는 혼잣말에 관한 것으로, 그 중에서도 특히 영국의 아이비 캄튼-버넷(Ivy Compton-Burnett), 헨리 그린과 미국의 윌리엄 개디스의 소설이 그렇다. 듣지 않음을 확장한 예는 괴물처럼 빨리 자라나 견디기 힘들어질 것이다(여기서 개디스가 보여 주는 것은 나방이 불꽃과 불장난하는 그 모습과도 같다). 이 작가들은 소재에 있어 대화의 영구적인 유예, 즉 반어적 전치(ironic displacement)를 사용한다. 그것은 존재했다가 사라진다. 하나의 장면에서 대화의 주제는 명백히 이해가 되지만 점진적으로 주제에서 벗어나 아무런 중요성을 가지지 못한다. 개디스는 공집합[가치가 없는 것들]을 다루는 데 있어 뛰어난 소설가이다. 등장인물들은 안개 속에서 등장하여 그 속에서 머문다. 그의 작품 속에서 주제는 항상 정보를 소음으로, 예술을 쓰레기로 바꿔 놓는 자본주의 체제의 성향을 띤다. 그의 소설은 두려움을 모르지만 소음과 쓰레기를 다시 예술로 바꾸는 데는 대체로 실패한다.

'주의산만'은 뜻하는 바를 말할 능력이 없고 마음을 한곳에 집중하지 못할 때 일어난다. 주의산만의 별난 특징은 거대한 극적 잠재력이 있다는 것이다. 논의가 불가능한 어떤 '주제'가 있다면 '행동' 또한 보이지 않거나 볼 수 없는 게 있을지도 모른다. 말인즉슨 어떤 행동은 가끔 보기에 너무 고통스러워서 볼 수 없을 때도 있다는 것이다. 서브텍스트가 행동으로 불쑥 드러날 때, 불가시성이라는 얇은 막은 여전히 서브텍스트를 둘러싸고 있을 수 있다.

의도적으로 볼 수 없는 사건의 극적인 상황은 가족이나 혹은 체면을 차려야 하는 유대가 밀접한 사회집단에서 일어난다. 폐소공포를 느낄 만큼의 '연대감'은 『밤으로의 긴 여로』, 『미국의 천사들』, 『트루 웨스트』에서 보여 주듯이 극문학의 바탕이다. 극작가들은 '둔감함'이 갖는 극적 영향력뿐만 아니라 그것을 어떻게 무대에서 연출하는지 또한 알고 있다. 그들은 체면을 유지하는 데에 얼마만큼의 위트가 필요한지 알고 있다.

폴라 팍스의 소설 『미망인의 자식들』에서 편집자 피터 라이스는 에우제니오 말도나다의 어머니가 지난 밤 죽었음을 알리려고 그의 사무실을 방문한다. 소설에서 말도나다 가문 사람들은 전부 짐승같이 그려진다. 부모의 보살핌을 충분히 받지 못한 그들은 이제 끊임없는 자기 본위적·반무자각 상태에 있다. 에우제니오는 여행사 직원으로, 그의 사무실에서 살고 있으며 영업이 끝나고 피터가 찾아올 때 그는 양복에 단추를 달고 있다. 피터가 어머니의 죽음에 관해 말하자 에우제니오는 "눈을 반쯤 감은 채 움직이지 않았다. 그러고 나서 그는 양복을 다시 집어 들고 바늘을 잡아 당겼다". 그는 피터에게 인스턴트 커피나 차를 마시겠냐고 묻는다. 여동생과 처남에 대해 묻고 그들의 임박한 유럽행에 대해 묻는다. 그는 자신의 여행사 직원에 대해 묻는다.

"… 여동생이 이번 여행에 대해 **한마디 말도 없었다는 것을** 아세요? 나는 동생 부부가 이 나라를 떠나려 한다는 사실조차도 몰랐어요." 그는 옷감에서 실을 뽑더니 이로 뜯어냈다. "엄마는 늘 천의 올까지 물어뜯지 않도록 조심하라셨죠." 그가 말했다. "이가 상한다고 생각하셨어요. 저희 엄마를 아세요?"

… [피터는] 에우제니오가 어머니의 죽음을 받아들이는 방식에 당황했다. 그는 주제에서 벗어난 이야기를 하는 에우제니오를 어떻게 받아들여야 할지 몰랐다. 오랜 세월이 지났어도 말도나다 가족의 이상한 완고함은 여전히 그를 놀라게 했고, 미덥지 않은 관습을 인정해야만 했다. 이 사람들은 그 어떤 사회적 계약도 맺은 적이 없는 것이다.

바로 그렇다. 그리고 대다수의 동시대 사람들이 서명하기를 거부한 사회적 계약의 한 부분은 바로 '주의를 기울이는 것'이다. 에우제니오는 자기밖에 모르는 걸까 아니면 어머니의 죽음에 대처하지 못하는 것일까, 아니면 관심이 없는 것일까? 확실하지 않다. 소설 『미망인의 자식들』은 지독한 악성으로 발전하는 서브텍스트로 가득 차 있다. 과거는 현재가 소멸해 없어질 정도로 현재를 갉아먹고 있고 인물들은 완전히 과거에 파묻혀 살며 현재에 어떤 말을 듣더라도 과거로 투영해 반응한다. 그것은, 이미 역사가 된 무엇인가에 대한 또 다른 표명이 된다는 뜻이다. 이것은 여파의 소설이다. 끔찍한 일은 이미 일어났고, 그래서 누군가가 다른 누군가에게 현재 하는 말은 이를테면 시간을 맞춰두고 방출/표출되는 식으로 기록된다.

이렇게 말하면 이상할지 모르지만, 현대에 쓰인 소설의 대화 장면 대부분에서 발견되는 오류는, 등장인물 모두가 듣고 있다는 점이다. 그러나 이제, 우리는 더 이상 듣지 않는 사람들의 나라에 살고 있다는 사실을 모르는 사람은 없다. 유진 오닐, 토니 커시너, 로리 무어, 폴라 팍스, 윌리엄 개디스 작품의 독특함은 사람들이 알아차리지 못하는 것을 알아차려 드러낸다는 점에 있다. 진정으로 훌륭한 작품에서 작가는 모든 종류의 무감각함에 세심한 주의를 기울인다.

소설에서 회피를 나타내는 기술은 어느 모로 보나 회화체로 진실을 말하는 것처럼 흥미를 북돋운다.

무엇인가에 사로잡혀 있는 동시에 정신이 멍한 사람과 함께 있는 건 흥미진진한 일이다. 언젠가 한번은 남자친구와 헤어진 여자와 대화를 한 적이 있었다. 그녀는 끈덕지게 남자친구의 잘못들을 내게 말했다. 근본적인 잘못을 상세히 말한 뒤

그 다음에는 기꺼이 눈감아 줄 수 있는 정도의 부차적인 잘못을 말했고, 이에 나는 공감의 '소리'를 제공했다. 그러자 그녀는 근본적인 것과 부차적인 그의 잘못들을, 마치 내가 그녀의 지루한 설명을 전혀 듣지 않았던 것처럼 처음부터 다시 이야기했다. 그러고 나서 나는 내가 목격하고 있는 것이 무심함보다 더 복잡할 수도 있다는 사실을 깨달았다. 그녀는 너무 고통스러운 나머지 자신이 무엇을 말하는지를 듣고 있지 않았던 것이다. 자신의 대화를 관찰할 수 없는 상태로 그녀는 자신이 무슨 말을 했었는지 기억할 수 없었다. 그녀의 생각은 고막을 찢는 듯 큰소리로 들려서 아마 그러지 않을 때도 생각이 큰 소리로 말하고 있었다고 생각했을 것이다. 그러는 동안 그녀의 말은 어떤 까닭인지 그녀 자신에게 들리지 않았던 것이다.

만일 사람들이 서로에게, 혹은 자기 자신에게 주의를 기울이지 않는다면, 만약 그렇다면, 우리는 바로 그것에 주의를 기울여야 할 것이다.

4. 어조와 호흡

"무엇을 말하느냐가 아니고 어떻게 말하느냐가 중요하다."

'어떻게'에 강세가 있다. 내가 고등학교 시절 들었던 스피치 수업의 이 모토는, 겉보기에는 아무것도 아닌 듯 보였던 대화가 실지 우리의 마음속을 휘젓는 경우에 언제든 생각해 볼 가치가 있다. 어떻게 말하는가는 무엇을 말하는가보다 당신을 더 곤란하게 만들 수 있다. 로널드 레이건 대통령의 암살기도가 있고 난 뒤 알렉산더 헤이그 국무장관이 기자회견을 열어 자신이 나라의 책임자라고 말했을 때, 떨리는 그의 목소리는 무심코 국민들로 하여금 그가 자기 자신도 이 일을 감당하지 못하고 있음을 알게 했다.

내세에 대한 암시, 그리고 영혼에 대한 비밀스러운 집착은 함축(overtones)의 형태로 나타난다. 대혼란은 겨우 들을 수 있는, 그러나 분명한 음(音) 하나로 촉발된다.

¤

스티븐 스필버그 감독이 소설 『쥬라기 공원』과 『쥬라기 공원2: 잃어버린 세계』를 영화로 만들어 엄청난 관객을 모으기 훨씬 전, 오하이오에 인접한 남부 미시간 주 12번 고속도로를 따라가다 보면 관광코스가 된 변변찮은 '공룡월드'(Dinosaur World)라는 게 있었다(지금도 있다). 미시간의 아이리시 힐(Irish Hills) 노변의 조그마한 관광명소는, 미스터리 스팟(Mystery Spot)을 인근 지역과 공유하고 있는데, 이 미스터리 스팟은 광고에 따르면 중력의 법칙을 거슬러 과학자들마저 어리둥절하게 만들었다고 한다. 그 밖에도 붐박스(The Boom Box)라 부르는 불꽃놀이 용품 판매점, 아이젠하워가 대통령 선거 유세 때 사용했던 철도 차량 옆 초콜릿 퍼지 가판대, 칠리윌리 퍼팅 골프코스, 지역 관광객을 끌기 위한 워터슬라이드, 작은 경주용 자동차 트랙 등 자질구레한 상점들이 있다. 대부분의 가게들은 페인트를 새로 칠해야 하는 상태였다. 예전에는 경기가 더 좋았다.

아들이 일곱 살일 때 아내와 나는 하루를 즐겁게 보내기로 마음먹고 아들을 공룡월드에 데려 갔다. 우리는 아들이 선사시대의 무시무시한 공룡들과 파충류를 볼 만큼 컸다고 생각했고, 아들 역시 그렇게 생각했다.

공룡월드 밖의 분수대 비슷한 곳에서는 엄청난 양의 염료를 넣은 검푸른 색의 물을 뿜어낸다. 입장료를 내고 여덟 대의 녹이 슨 골프 카트를 연결해 놓은 것 같은 열차에 올라탄다. 레일은 없다. 카트에는 애들 크기만 한 고무바퀴가 달려 있다. 가이드가 오기를 기다리는 동안 구멍이 육각형인 철조망과 회반죽 같은 것에 칠을 해서 만든 트리케라톱스 공룡을 볼 수 있다. 공짜로 볼 수 있는 단 한 가지 공룡이다. 5초마다 한 번씩 입을 벌리며 으르렁거린다. 꼭 크리스마스 시즌에 백화점 쇼윈도에 진열된 작은 요정 같다. 울부짖는 소리는 숨겨 놓은 확성기에서 나온다.

마침내 우리 가이드가 왔다. 고등학생 정도의 아이였다. 여름에 아르바이트로 하는 일이었다. 이 8월에, 짜증나고 지루하다는 표정이 얼굴에 역력했다. 그는 십대 소년 특유의 무관심을 숨기지 않고 고객이자 동료 모험가들인 우리를 쳐다보며 말했다.

"공룡월드에 오신 것을 환영합니다."

감정이 전혀 실리지 않은 단조로운 목소리였다.

"우리는 시간이 존재하기 이전의 세계에 발을 들여놓으려 합니다."

같은 문장을 계속 반복하다 보니 하나의 단어로 들렸다.

"우리는시간이존재하기전의세계에발을들여놓으려합니다."

그는 맨 앞에 있는 카트의 운전석에 털썩 주저앉았더니 마이크에 대고 말하기 시작했다. "안전벨트 하세요." 그러고는 불필요한 말을 덧붙였다. "질문있으면언제든하시고요."

여러 가지 면에서 시대를 역행하는 이 불운한 열차는 철조망과 회반죽 칠을 한 공룡들이 진열된 곳을 한 바퀴 돌아 아스팔트 도로를 따라갔다. 다국적 기업의 첨단 기술이 집약된 디즈니 월드와는 전혀 다른 세계였다. 무관심을 감추지 못한 채 대본을 낭독하면서 선사시대의 경이를 설명하려고 가이드는 여러 번 멈춰 섰다. 여행의 절정에서 2미터가 넘는 육식 공룡 근처에 갔을 때, 그는 "이것이 바로 그 무시무시한 티라노사우루스 렉스입니다" 하고 웅얼거렸다. 그러고 나선 하품을 했는데, 그 모습을 본 우리 가족은 웃음이 터졌다. 그는 기가 찼는지 이렇게 말했다. "뭐가 이상해요? 무섭지도 않아요?"

나는 '이 정도야 뭘' 하는 표정을 지어 보였다. 나는 소설가 레오니트 안드레에프가 쓴 연극을 읽은 후에 톨스토이가 했던 말을 생각했다. 톨스토이는 감동을 받지 못했다. 그는 이렇게 말했다. "그는 종이에다 써놓고 '야야!'라고 말하지. 하지만 난 놀라지 않았는걸."

새뮤얼 테일러 콜리지가 말하는 '불신의 자발적 유예'(willing suspension of disbelief)라는 것은 불안정한 영역이다. 그것을 흥미롭게 만드는 것은 '유예'가 아니라 '자발적'이다. 우리 가족은 공룡월드에서 보고 있었던 것을 진짜라고 생각하지 않았다. 우리는 주인이 **자신의** 속임수를 믿고 있다고 행동하면서 우리를 **그 세계로** 유혹하는 조촐한 파티에 초대받기를 원했다. 가이드에게는 자신의 배역을 연기하는 배우로서의 역할이 있다. 그리고 그 임무는 우리의 불신을 유예시키는 것이다. 그것이 바로 그가 여름 동안에 할 일이었다. 일정한 테두리 안에서 그는 어떤 시대의 특정한 순간에 있는 것처럼 행동하고 우리는 그곳에서 그를 만날 수 있는 척하면서, 우리를 최면 같은 것으로 매료시켰어야 했다. 이러한 믿음에 대한 투영은 공상적 소재와 관련된 이야기에서 기법상의 문제이다. 재미가 있다고 하려면 확신을 해야 한다. "늑대다!" 하고 외칠 때, 정말 늑대가 나타날 것처럼 외쳐야 한다. 그렇지 않으면 늑대는 없다. 오손 웰스가 말했듯이 마술사는 없고, 단지 마술사 역할을 하는 배우가 있을 뿐이다. 훌륭한 마술사는 훌륭한 배우이다. 그리고 훌륭한 배우는 가벼운 최면을 걸어 우리를 잠들게 하여 다른 세계로 인도한다.

서사된 사건에 애착을 가지게 될 때, 혹은 서사의 어조(tone)

가 너무 많이 강조되어 있어 그것이 삶을 휘저을 때, 또 불신이 유예되었을 때, 독자들은 소설에 마음을 빼앗기게 된다. 소설은 종종 어조변화(inflection)를 이용해 스스로 펼쳐진다. 어떤 사람이 그럴듯하게 "늑대다!" 하고 외칠 때 그가 가진 확신은 널리 퍼지게 된다. 맞서서 일그러진 얼굴로 누군가 당신 앞에서 이렇게 말한다. "한번 미친년은 영원히 미친년이라는 게 내가 하고픈 말이에요. 쿠엔틴이 학교를 빼먹고 싸다니는 게 엄마의 유일한 걱정거리라면 다행이네요." 윌리엄 포크너의 『소리와 분노』의 몇 대목이다. 만일 이 표현 속에 흐르는 적개심을 듣지 못한다면 이 대목을 제대로 감상할 수 없다.

여기서 내가 정의하고 있는 어조 변화는 어조와 함께 어법이 전해지는 방식으로, 특히 극단적 사건이나 상황에 적용할 때 소설은 갑작스럽게 강렬한 활기를 띠게 된다. 그것은 믿음과 긴박감을 나타낸다. 긴박함은 우리를 일깨운다. 그때 감정은 평온한 가운데 회상되는 것이 아니라 우리 눈앞에서 재현된다. 노래하거나 신음하고 있는 이야기가 스스로 깨어난다. 하지만 앞서 '플롯 너머'라고 언급했던 세계도 역시 깨어나고 있다. 어조변화는 의식적·무의식적인 말의 강렬함을 표시하며 대개 눈에 보이지 않은 것을 어렴풋이 보게 한다. 만일 당신이 무엇인가를 잘못된 방법으로 말하면, 당신에게 숨어 있던 영역이 갑자기 드러날 것이다. 어조/음조(tonality)는 당신이 저 아래에서 문자 그대로 표현했던 것을 어슴푸레한 함축의 영역으로 이끌고 간다.

소설가들은 사건을 연출할 뿐만 아니라 어떻게 사건과 말의 표현이 어조 변화를 겪는지 종종 보여 주기도 한다. 즉 사건이 어떻게 행해지고, 고조되고, 소리내어지는지에 관한 것이다. 그러므로 작가들은 자기 작품을 창조하는 동시에 감독하는 자다. 내 사전에 '어조변화'는 목소리의 어조 혹은 목소리의 음조 변화라고 정의한다. 이것은 사소한 것이라고 할 수도 있겠지만, 어조나 음조의 변화는 '순간'의 내부에 머무느냐, 바깥으로 나가느냐의 차이일 수 있다. 혹은 트집 잡는 말과 사랑의 표현 사이의 차이일 수도 있다. 예를 들면, "당신은 정말 보통이 아니군요"라는 같은 문구를 사용해서 어조가 없이 완전히 의미 없는 표현을 하거나 맥락 안에서 이를 뒷받침하는 표현을 사용할 수 있다.

단일어조(monotone)라는 말은 단조롭다(monotony)는 뜻이다. 단조로운 세상에서 사람들은 고개를 파묻고 기계적으로 일하고 기계적으로 말한다. 그리고 자신들이 했던 말을 하나씩 철회한다. 이와는 대조적으로, 어조변화는 순간적인 삶을 나타내고 동시에 어떻게 문구를 이해해야 하는지 보여 준다. 그것은 어조의 무감각에서 어조가 변화하면서 전달되는 긴박감 사이의 차이와 같다. 진실에서 아이러니로 혹은 분노에서 불신으로, 어조를 바꾸면 의미가 바뀐다. 긴박감이 충만하면, 우리의 불신은 유예된다. 누군가 당신의 옷깃을 부여잡으면, 당신은 그가 하는 말을 귀담아 들을 가능성이 큰 것이다.

이야기는 어조변화, 감탄부호, 강조, 더 말하거나 덜 말하는 식으로 독자들의 상상력이 소설의 한 장 한 장을 되살리기 전까지 침묵한다. 소금을 치지 않은 음식은 맛이 없는 법이다.

중대한 대립을 표현하는 경우, 말 자체만으로 상황에 요구되는 감정적 의미를 전달하지 못할 때 어조변화가 일어난다. 지루하고 감동 없던 십대들은 순식간에 감정에 복받쳐 말하기도 한다. "그래서, 저 인간들은 **죽치고 앉아 있기만 하는데**, 일은 내가 한다고!" 이것은 이렇게 말하는 것과 같다. 난 지금 너한테 말하는 데 너무 많은 에너지를 쏟아붓고 있단 말이야! 나도 어쩔 수 없는데, 내 말 좀 들어 봐. 지금은 빌어먹을 비상사태라고!

말주변이 없는 사람들에게, 있는 그대로의 감정은 웅변을 대신한다. 계속되는 사춘기의 위기 속에서 조야하거나 부정확한 단어사용을 누가 신경이나 쓸까? 모든 문장은 비상상태에 있고, 비상상태에 있는 문장은 극도의 긴장을 요하는 강조를 통해 힘을 얻는다.

물론 문학 작품에서 이러한 상황은, 그것이 반영하는 목소리, 즉 지나친 강조로 산만하게 되어 오히려 글의 활력을 빼앗는 과도함을 포함한다. 이런 종류의 쓰기와 말하기에는 독특한 단조로움 같은 것이 있는데, 그 효과는 그칠 새 없이 계속되는 텔레비전 광고와 닮은 면이 있다. 어조변화가 아무 제한도 없이 모든 곳에 적용될 때, 우리는 일종의 기계화된 말을 방출하는 시스템으로 돌아갈 것이다. 이 같은 방식은 가끔 제임스 엘로이의 소설을 떠오르게 한다. 처음부터 자리를 잘못잡은, 지나치게 강조된 어조변화의 양상은 사실은 무엇이 어디서 어떻게 강조되어야 하는지에 대한 감정이다. 엘로이가 그리는 장면들은 관점과 균형감각 모두를 결여하고 있다. 모두가 항상 "늑대다!"를 외친다. 어쩌면 그것이 핵심인지도 모를 일이다.

다양한 어조는 특히 공식적인 언어, 공공의 문법에 진입하지 못하는 사람들에게 필요하다. 십대, 빈민, 소수집단, 좌절하고 상처받은 사람들, 희망 없이 낙심한 사람들, 강박적·망상적인 사람들, 말주변이 없는 사람들, 온갖 아웃사이더들, 그리고 모순되는 두 가지 감정 특히 그 가운데 하나는 공식적으로 받아들여지지 않는 어려움을 겪는 사람들에게 필요하다. 공식적인 감정은 말의 형태로 표현되지만 서브텍스트 단계에 머무는 비공식적인 감정은 어조변화로 나타난다. 부수적으로 나타난 '강조'의 경우 일시적 감정, 그리고 포개져 있거나 복합적 감정의 어조상의 전초기지이다. 관용어구의 유려한 음악성처럼, 그것은 효율적인 거짓말쟁이, 마술사, 추방된 자, 패자, 그리고 시인이 사용하는 유도장치이다.

소극적인 소설이라는 게 과연 있을까? 그런 식의 비평 분류를 상상이나 할 수 있을까? 소설은 전적으로 활기가 없이도 이야기될 수 있다. 반쯤 죽은 듯한 좀비 같은 공룡월드에서의 가이드 안내멘트가 나타내는 징표 가운데 하나는 이야기 전체의 목소리가 덜 나오고 있는 듯 보인다는 것이다. 마치 우리가 1950년대의 악몽 속으로 들어가 버린 것같이 또 작가들이 심지어 스스로의 작품을 완전히 믿지 않거나 혹은 '우리는 그것에 대해 알 수 없다'고 하는 것같이, 작품에 관여하고 싶지 않은 것같이, 싫증난 것같이, 혹은 작품과 관객으로부터 안전거리를 유지하고 싶은 것처럼 말이다. 이야기는 고요하게 있다. 그리고 사람들은 잠이 들더라도 괜찮다.

우리가 할 일은 사람들을 깨우는 것이다. 부득이하다면 강제로라도.

나는 오레곤 주 암트랙 열차 안에 있었다. 뒷좌석에 앉은 꼬마 여자아이는 여행하며 스쳐갔던 마을마다에 대한 자신의 느낌을 말하고 있었다. 열차가 강을 건널 때 선로 아래로 다리가 보이지 않자, 아이는 엄마에게 말했다. "너무 무서워! 우린 모두 강으로 떨어질 거야. 우리는 **운명**이 될 거야." 그것 참, 소녀는 반어를 사용하고 있었다. 나는 재빨리 그 문장을 받아 적는 동시에 어떻게 '운명'이라는 단어를 소녀가 노래하듯 말했던 방식대로 전달할 수 있을지 몰라 절망에 빠졌다.

몇 달이 지나고 소녀가 잘못 사용했던 단어 '운명'은 겁먹은 아이의 연기를 하면서 소녀가 느꼈을 기쁨만큼의 흥미를 내게서 불러일으키지는 못했다. 소녀는 어머니를 위해 연기를 하면서 자신의 감정을 체득한 것이었다. 소녀가 전혀 겁먹지 않았다는 사실 ── 여기서의 서브텍스트는 소녀의 기쁨이다 ── 은 소녀의 행복감이라는 어조 변화를 통해 뚜렷이 그 모습을 드러냈다.

충분한 긴박감이 주어지면, 어조는 어떤 말에도 힘을 실어 줄 수 있다. 쓰기의 기술에 적용된 연기의 기술은 대사에 어조를 제공하며, 그래서 우리는 "당신은 정말 보통이 아니야"와 같이 아무 의미 없는 표현이 어떻게 애정의 표시인지 무례함의 표시인지를 이해하게 된다. 어조변화는 모호한 표현이 빠뜨리는 부분을 채운다. 훌륭한 연기는 예상하지 않았던 어조를 글귀에 불어넣어 형세를 뒤바꾸고 대화 장면에 난데없는 활기를 돋운다.

하루종일 우리가 하는 말 가운데 대부분은 이상하게 나온다. 우리는 겉보기에 단조로운 말들에 많은 부분을 차지하는 침묵, 표정, 그리고 몸동작을 덧붙인다. 그것은 말의 명백한 의미를 한층 더 강하게 하거나 부정하도록 만들 수 있다. "대갈못 좀 건네주세요"도 하나의 표현이지만 "사랑해"는 또 다른 종류의 것으로, 이를 뒷받침할 어조가 필요하다. 사람은 "사랑해"라고 말하는 동시에 그것에 반하는 몸짓으로 반대의 의미를 전달할 수 있다. 춤이나 섹스처럼 몸짓만으로 대화는 계속될 수도 있다.

프랜시스 포드 코폴라의 기념비적 영화 「컨버세이션」은 두 젊은 남녀의 대화에 나오는 한 줄 대사가 어떻게 어조변화를 하는지, 또 주인공 해리가 어떻게 그것을 듣는지 혹은 잘못 듣는지에 전적으로 의지하고 있다. 그 한 줄의 대사는 "할 수만 있다면 그는 우리를 죽일 거야"이다. 만일 강세가 '죽이다'에 있다면, 해리가 엿들은 대화 속의 두 젊은이는 자신들의 신변이 안전하지 않다고 걱정하는 것이다("할 수만 있다면 그는 우리를 **죽일 거야**"). 하지만 강세가 '우리'에 있다면 그들이 살인 음모를 꾸미고 있는 것이다(할 수만 있다면 그는 **우리를**, 죽일 거야. 그러니까 우리가 그를 먼저 제거해야 한다는 의미가 될 수도 있다). 그런데 두 번째 해석에서 '우리' 다음에 오는 쉼표의 멈춤은 그 해석을 거드는 역할을 한다. 바로 저 대사에서 하나의 강세는 명확하게 표현된 말의 의미를 거꾸로 뒤집는다.

때때로 연극배우들은 '뒤집기'를 두고 우리를 깨우는, 예상치 못한 대사의 해석이라고 말한다. 인지하지 못했던 것을 자각하게 하는 충격요법 말이다. 배우들이 대사를 말할 때 감정을 뒤집어 표현함으로써 그러리라 예상했던 느낌이 문맥상에 묻혀 있던 예상치 못한 뉘앙스로 대체되는 것이다. 이 결과 긴박감이 돌게 된다. 갑자기 서브텍스트가 떠오른다. 감정적 응급상황으로부터. 크리스토퍼 월켄은 안톤 체호프의 희곡 「바냐 아저씨」에서 로렌스 올리비에가 아스뜨로프 박사의 역을 맡아 첫 번째 긴 대사를 종래의 어조를 뒤집어 말하는 것을 보고 깜짝 놀랐다고 말했다. 제1막 시작부분에서 아스뜨로프 박사는 무대에 등장해 죽은 환자의 이야기를 한다. 마취 후 수술을 받다가 죽은, 자신의 환자였던 철도 노동자에 대해서다. 대다수의 배우들은 이 대사에서 다소 우울하고 불행한 어조로 환자들에게 도움을 주지 못하는 그의 무능함보다는 그의 절망을 반영하는 연기를 한다.

하지만 크리스토퍼 월켄에 의하면 올리비에는 그 같은 어조를 사용하지 않았다. 그는 대사를 하면서 **웃음을 터뜨렸다**. 술 취한 사람의 절망어린 웃음을. 진이 다 **빠지고** 혼란에 빠진 올리비에의 아스또로프는 너무 강렬한 정신적 피로감으로 고통받았고 오직 자포자기의 웃음만이 그 상황을 투영할 수 있었다. 월켄은 관객 앞에서 그렇게 웃는 올리비에를 보고 넋을 잃었다. 그는 '관례를 따르지 않는' 어조는, 부조화가 아니라 일종의 히스테릭한 진정성을 낳는다고 말했다.

희곡 「바냐 아저씨」의 영화판 「42번가의 바냐」에서는 이 같이 예상치 못한 어조전환을 이용해 갑작스럽게 감정적 균열이 발생하는 상황이 두세 번 일어난다. 예를 들어 제2막 중간에서 소냐(브룩 스미스)가 새어머니인 엘레나(줄리앤 무어)에게 여러 질문을 하면서 행복하냐고 묻자 엘레나는 간단히 "아니" 하고 말하는데, 이때 줄리앤 무어와 브룩 스미스는 둘 다 겨우 억누른 기대와 장난기 있는 웃음으로 그 장면을 연기한다. 그들이 서로에게 궁금하던 질문을 마침내 할 수 있었으며 또 그 일을 해냈다는 사실이 그들을 기쁘게 했다는 듯이. 엄숙한 질문에 진지하지 않은 태도를 취하며 그들은 마치 소녀가 된 듯한 느낌으로(단도직입적이고자 했던 노력으로 이미 지친 그들이었다) 남자들이 방에 없을 때 서로 비밀을 주고받았다. 공모자가 된 듯한 느낌을 지울 수 없는 두 사람은 결국은 숨김없이 다 드러난 자신들의 감정에 수줍어한다.

이와 비슷하게 바냐를 연기하는 월러스 숀은 바냐가 두 사람(double)인 것처럼 연기한다. 바냐는 자신의 삶에 절망을 느끼지만 덧붙여 자신의 절망이 희극적이라 생각한다. 그는 가망이 없는 익살꾼으로 자신의 절망을 어릿광대짓으로 대처한다. 숀은 우스운 대사를 고뇌에 짓눌러 애절하게 또 체념의 대사를 별난 흥분으로 들떠서 관객에게 전달하며, 참을성을 요하는 절망이라는 잘못 배정받은 장소에서 자신이 무슨 용감무쌍한 탐험가나 국민영웅이라도 된 것처럼 연기한다.

캐서린 앤 포터의 단편소설 「기울어진 탑」은 1931년 베를린을 배경으로 한다. 호텔에 머무르고 있던 미국인 찰스는 아예 그곳에 거주할 목적으로 아파트를 구한다. 그의 독일어 실력은 자신이 바라는 만큼 썩 좋지는 않아서 대다수의 외국인들처럼 자신이 들었다고 생각하는 것을 이해했는지 확실히 하기 위해 타인의 얼굴표정과 몸짓언어를 살펴야 한다.

아파트 임대계약서에 서명을 하던 중, 찰스는 실수로 여주인의 거실에 있던 석고로 만든 조그마한 피사의 사탑을 쳐서 넘어뜨린다. 여주인은 "그것은 어디에서도 구할 수 없는 것"이라고 말했는데, 작가는 그 구절을 쓸 때 "심하게 타격받은 위엄"이라는 표현을 사용했다. 복합적 표현에 주목하라. 찰스가 그녀의 억양(intonation)에 주의를 기울이고 있다는 표시이다. 그것은 또 그녀가 어떻게 연출의 효과를 노려 자신의 고통을 강화하는지를 가리킨다. 우리는 그녀가 가식적으로 몸을 경직시키고 있음을 알 수 있다. 잠시 후에 그녀는 "당신 잘못이 아니라 내 잘못이에요…. 거기다 두는 것이 아니었는데…"라고 덧붙이며 말끝을 흐린다. [여주인은 말을 끝맺지 않았지만] 소설 텍스트가 말해 주기를, "그녀는 갑자기 말을 멈추더니 계약서를 두 손으로 모으고 나가 버렸다. 소중한 것을 전혀 존중하지 않는 미개인들에게, 조심성이 없는 이국의 사람들에게 그녀의 얼굴과 목소리는 너무나 명확하게 말하고 있었다."

여주인은 관중에게 연기를 펼치고 있다. 캐서린 포터는 여기서 사람들이 하던 말을 멈추어도 대화가 끝나려면 한참 멀었으며, 대개는 얼굴 표정과 몸짓언어를 사용해 뒤따르는 불에 데어 얼얼한 느낌의 침묵 속에서 계속된다는 신호를 하고 있다. 문장에서 가장 중요한 순간은 어쩌면 결정적인 한마디에서 오는 것이 아니라 어떤 단어를 입에 담지 않고 비난하는 듯한 침묵을 그 자리에 드리우면서 온다.

다음 장면에서 찰스는 자신의 물건을 챙기기 위해 베를린의 호텔로 돌아간다. 그곳에서 그는 "천박하고 약아빠져 보이는 호텔 여주인"과 "중년에 땅딸막한, 그녀의 동업자"를 상대해야 한다. 찰스는 앞서 호텔에 한 달간 머물기로 했지만 여드레가 지난 지금 떠나려 하고 있다. 이어지는 장면에서는 언어적·물리적 지시를 통해 전달되는 악의와 과장된 적개심을 능숙하게 보여 준다. 등장인물들은 이게 원래 자신들의 모습인 양 굴지만 또한 열정적으로 그들의 만족감을 위해 과장하고 있다.

"'하지만 우리호텔 숙박료는 가장 합리적인데 말이지.' 긴 이빨 사이로 그녀의 마른 입이 움직였다."

참으로 기묘한 디테일 묘사다. 처음 이 이야기를 읽을 때 나는 이 부분에서 딱 멈추었다. 탁월한 효과가 발생했다. 장면의 속도를 늦추고 여주인의 불안과 억눌린 분노를 전달할 수 있을 것이다. 뿐만 아니라 저 '긴 이빨'도 효과를 내고 있다. 그녀는 무엇인가를 물어뜯고 있는 것이다. 늑대처럼.

"사람이 별 이유도 없이 멋대로 마음을 바꾸면 쓰나." 호텔 여주인이 계속 말한다. 소위 "강하게 훈계하는 어조로" 독자는 이 대사에서 나름의 어조를 생각하겠지만, 여주인의 멘트는 그녀가 융통성이 없을 거라는 느낌을 강화하고 거기에 위험스럽기까지 한 기운을 더한다. 그녀는 폭력적인 성향이 있는 선생처럼 별것 아닌 것을 꼬치꼬치 따지는 성격이었다. 이제 화자는 여주인의 표정 변화를 묘사한다. "그녀는 초조한 얼굴로 흘끗 쳐다보았다. 그리고 찰스는 여주인의 낯빛이 다시 뻔뻔스럽게 변하는 것을 보았다. 그녀는 핏대를 세우며 거만하게 말했다. '달라는 대로 숙박료를 내지 않으면 경찰을 부를 줄 알아.'"

여주인의 땅딸막한 동업자는 주머니에 손을 넣은 채, "입술이 거의 없는 넓은 입에 특별히 더 사악한 웃음을 띠면서" 들어온다. 여기서 작가는 언어로 장면을 서술하는 동시에 독자들을 위해 연출을 하고 있다. 그리고 우리는 작중 인물들의 얼굴과 어조변화를 이해한다. 찰스가 여주인이 요구한 돈을 한 푼도 빼지 않고 모두 지불하자 땅딸막한 남자는 "불룩한 눈꺼풀 아래 창백한 눈은 탐욕과 악의에 차서" 찰스에게 신분확인증명서를 보여 달라고 한다. 이것은 극단적 상황으로, 바이마르 시기의 독일에서 찰스는 자신을 겨냥한 적의의 낌새를 느끼면서 경계를 늦추지 않고 있다. 그는 적의로 가득찬 이 환경에서 살아 남을 작정이다.

증명서를 보이라고 억지를 부리는 이 땅딸막한 남자는 이제 더 세세히 묘사되고 있다. "그는 어떤 은밀한 흥분감과 싸우고 있는 듯했다. 그의 목은 불룩하게 달아올랐고 입은 꽉 다물어 거의 보이지 않았다. 그리고 발끝을 가볍게 끄덕이며 톡톡 쳤다. 찰스가 증명서를 보이자, 남자는 옹졸한 관리가 아랫사람을 물릴 때처럼 거드름을 피우며 무례하게 "이제 가봐" 하고 말한다. 그 다음 문장은 이렇게 말한다. "적의로 가득한 속셈을 보이려고 그들은 얼굴을 우스꽝스럽게 찌푸리면서 혐오감이 감도는 침묵 속에서 찰스를 계속 쳐다보았다."

침묵이 어떤 식으로 표현되었는지 주목하라. 침묵은 평온하지 않고 적의로 차 있다. 침묵은 부정의 기운을 한껏 드러내고 있다. 마침내 찰스가 그들이 "빤히 지켜보는" 가운데 호텔을 떠나자, 그 뒤로 웃음소리가 들린다. "찰스 뒤로 문이 닫히자 두 사람은 한 쌍의 하이에나처럼 그가 확실히 들을 수 있게 일부러 큰 소리로 웃기 시작했다."

적의는 몸짓, 대사, 협잡스럽고 별 이유도 없는 비열함이라는 소소한 디테일로 모두 표현되었다. 하지만 헨리 제임스와 캐서린 앤 포터가 능란하게 사용하는 그 잔인함은 디테일이 살짝 가려진 곳에서 힘을 발한다. 잔인함은 공공연하게 드러나기

보다는 조그만 조짐과 낌새에 얹혀 은밀하게 진행된다. 감지하기 힘든 잔인함은, 작지만 서서히 심해지는 상처로 고통받는 어수룩한 먹이를 잡으려 올가미를 친다.

✡

좀비 효과를 퇴치하는 또 다른 수단은 유도라 웰티의 『자선 시설 방문』에서 볼 수 있다. 이 소설의 기본 배경은 꽤 단순하다. 중학생 메리앤은 캠프파이어 단원으로, 할머니들이 있는 양로원에 꽃다발을 들고 가서 담소를 나누고 오라는 과제를 부여받았다. 이 방문은 메리앤이 공로 배지를 받을 수 있는 과정의 일부이다.

이 같은 기본적 설정은 성공할 가망성이 그다지 엿보이지 않는다. 노인들, 특히 병에 걸린 사람들은 동정심을 자아내려는 목적으로 흔히 사용하는 소재이다. 양로원과 시설은 문학기회주의자들이 쉽게 빌려다 쓰는 재료이다.

하지만 유도라 웰티는 소설에서 기대되는 어조를 뒤엎으며 동정심을 미미한 요소가 되게 한다. 소설은 일종의 건조하고 말라 비틀어진 위트가 작용하고 있으며, 매정하지 않으면서 어두운 연민과 이해심을 보이고 있다. 그리고 이 건조한 코미디는 내가 간결성을 위해 간단히 심연이라고 부르는 방향으로 진행된다. 별안간 존재의 미스터리가 메리앤과 독자들 앞에서 펼쳐진다. 웰티는 이 모든 것을 꼼꼼한 어조변화를 통해 성취한다. 몇 쪽이 지나면 운이 다한 이 서부의 노부인들은 더는 불쌍한 존재가 아니며 사무엘 베케트의 『고도를 기다리며』에서 시간과 부조리에 맞붙어 싸우는 방랑자 블라디미르와 에스트라공처럼 느껴진다.

순간순간 독자들에게는 장면에 대한 주도면밀한 연출의 디테일이 주어진다. 이것은 하나의 장면으로, 요약된 것이 아니다. 그리고 그 장면은 당신 앞에서 펼쳐져야만 한다. 메리앤은 선물할 화분을 들고 방으로 걸어 들어갔다. 노부인 두 명이 거주하는 방으로 한 명은 누워 있고 다른 한 명은 서 있다. 서 있는 노부인은 "무시무시한, 상투적 미소가… 앙상한 얼굴에 도장처럼 찍혀 있었다." 나는 **무시무시한**, 상투적 미소라는 표현이 마음에 든다. 독자들은 무엇이 미소를 무시무시하게 만드는지 모른다. 또 정확히 무엇을 떠올려야 할지도 모른다. 모순적이라는 인상을 주기도 한다. 메리앤의 모자를 낚아챈 그녀의 손은 "새의 발톱처럼 날쌨다". 방 안은 어두컴컴하고 눅눅했으며, 메리앤은 이 노부인들은 약탈자이고 이 방은 그들의 동굴이라는 생각이 들기 시작한다.

"잠시 동안 우리 손녀 되어 주려고 왔구나?" 첫 번째 약탈자가 물었다. 메리앤이 들고 있던 화분을 낚아채었다. "꽃이야!" 노부인이 소리 질렀다. 그녀는 화분을 들고 어찌할 바를 모르고 서 있었다. "어여쁜 꽃" 하고 한마디 더했다.

오늘 하루 우리 손녀 되어 주려고 왔구나? 한마디로 코미디이다. 하지만 분노가 서려 있다.

"그때 침대에 누운 노부인이 목청을 다듬더니 말했다. '어디가 예쁘다고.' 주위를 둘러보지도 않은 채 아주 분명히 말했다." 첫 번째 노부인이 꽃이 예쁘다고 되풀이하자, 누워 있는 노부인이 이 별난 입말의 테니스 경기에서 공을 되받아치며 "악취나는 잡초"라고 대답했다. 다소 마음을 누그러뜨리며 침대에 있던 노부인은 "양송이 모양의 하얀 이마와 빨간 눈은 양을 닮은 듯하다"고 묘사되고 있다. "넌 누구냐?" 그녀가 메리앤의 이름을 물을 때, 대사에는 말을 느리게 하고 있음을 알리는 대시기호(-)가 표시되어 있다. 또한 작가는 독자들에게 말이 그녀의 목구멍에서 안개처럼 일더니 "양 울음소리"가 되었다고 말한다.

우리는 침대에 있는 노부인의 이름이 '애디'라는 것을 알게 된다. 애디와 이름 없는 늙은 룸메이트는 이 무렵, 바로 이전에 방문했던 사람들이 그들의 방문을 즐거워했는지 언쟁을 하고 있다. 두 사람 때문에 삼각관계로 얽힌 이 캠프파이어 단원, 메리앤(겁에 질린 명민한 아이)은 자신 앞에 펼쳐지는 일로 인해 갑자기 일상적인 삶이라는 아주 가벼운 환각상태에 사로잡힌다. 이 지점에서 애디와 다른 노부인은 누가 아픈지, 누가 괜찮은지, 또 누가 어릴 때 무엇을 했는지에 관한 초현실적 대화를 나누고 있다. 서 있는 노부인은 "친밀하고, 위협적인 목소리로" 말하고 있는데, 이 또한 독특한 결합이다. 하지만 이 순간은 방 친구에게 (그리고 내가 생각하기에 간접적으로 메리앤에게) 하는 애디의 첫 번째 일장 연설로 중지된다. 작가는 물러서고 연설이 작가를 대신한다.

"쉬잇!" 아픈 여자가 말했다. "넌 학교에 간 적이 없잖아. 간 적도 없고 온 적도 없지. 어디도 간 적이 없어. ─ 여기만 있었지. 태어나지도 않았지! 넌 쥐뿔도 몰라. 머리가 텅비었지, 가슴도 비었고, 손에도 지갑에도 아무것도 없어, 니가 들고온 작고 낡은 가방 안도 텅텅 비었어. ─ 나한테 보여 줬었잖아. 그러면서도 넌 항상 말, 말, 말, 말, 말만 번지르르 잘하지. 내가 미칠 것 같은 생각이 들 때까지 말이야. 니가 뭔데? 넌 이방인이야 ─ 완전히 낯선 사람! 너는 그걸 몰라? 그들이 정말로 이딴 일을 누군가에게 한다는 게 가당키나 하냐고? 낯선 사람을 보내서 말하고, 혼란하게 만들고, 장황한 이야기를 주절주절 늘어놓게 하는 게? 사람들은 진짜로 내가 늙고 불쾌한 여자랑 같은 방에서, 날이면 날마다, 해가 뜨고 해가 지나, 영원히 계속 살 수 있을 거라고 생각하는 건가?"

이 말을 마칠 때 작가는 눈이 초롱초롱해진 애디가 메리앤에게 눈길을 돌린다고 적고 있다. 작가는 이렇게 묘사하고 있다. "이 늙은 여자는 절망에 싸여 있지만 속셈이 있는 듯한 표정으로 그녀를 쳐다보고 있었다." 그러고 나서 독자들은 그녀의 틀니와 누런 잇몸을 상상하게 된다.

"이리 와, 내가 할 이야기가 있어." 그녀가 소곤소곤 말했다. "이리 오라니까!"

메리앤은 겁에 질려서 그녀의 심장이 잠시 동안 거의 멈추었다고 작가는 묘사하고 있다. 그때 애디의 짝꿍이 말한다. "아니, 이봐, 애디… 그건 예의가 아니지."

서로 대립하는 듯한 감정으로 가득찬 이 장면은 메리앤의 관심과 두려움, 애디의 절망과 속셈, 룸메이트의 거짓된 감상과 빈정거림을 모두 한 군데로 던져 넣는다. 자포자기식의 코미디, 연민을 자아내는 힘, 두려움, 그리고 현기증 나는 난해함이 혼합되어 있다. 이러한 요소들은 애디가 '텅 빈', '말', '이방인'과 같은 단어를 반복해서 말하고 또 대시기호와 침묵을 세심하게 배치하는 하는 과정에서 만들어진다. 그러고 나서 그것은, 애디가 절망스럽고 속셈이 있는 듯한 표정으로 이제 메리앤을 보고 있다는 것을 나타내면서, 연설을 뒤따르는 마지막 몇 줄의 멋진 문구로 굳히기를 한다. 애디가 느끼는 감정은 하나가 아니다. 여러 가지 감정을 동시에 느끼고 있다. 그 중 하나는 그녀에게 연민을 느끼게 하고 다른 요소들은 그녀를 위험한 인물로 만든다. 그때 우리는 오늘이 바로 애디의 생일이라는 것을 알게 된다.

하지만 이것으로는 부족한지 메리앤이 떠나려 할 때 (이 끔찍한 80대 노부인들의 희비극적인 버라이어티 쇼의 나머지 반쪽인) 이름 없는 여자가 나선다. 여태 애디가 절망과 속셈이 보이는 익살스러운 추임새를 넣을 때 행동이 반듯한 역할을 맡았던 익명의 노파가 이제 자신의 추임새를 보태려 하는 것이다.

흐느끼는 체하면서 큰 소리로 노파가 외쳤다. "이봐, 애야, 가진 것이라고는 아무것도 없는 가여운 늙은이한테 한 푼만 보태주면 안되겠니? 세상에 우리 것이라고는 하나도 없어— 돈한 푼도, 사탕 한 알도— 아무것도 없다고. 아가야, 너한테는 그냥 푼돈이잖아— 뭐라도 줘—"

노파의 "흐느끼는 체하는 큰 소리"는 독자들이 이 노부인이 어쩌면 노인성 치매에 잠깐 빠져든 것이 아닌지 생각하게 만든다. 아니면 십중팔구 그녀는 메리앤을 놀래거나 당황하게 만들려고, 혹은 돈을 뜯어내려고 재미삼아서 어떤 역할을 연기하고 있는 것이다. 캐서린 앤 포터의 무대에 등장하는 여주인처럼 웰티의 노부인도 자신의 상황과 말을 극화하고 있다. 하지만 내 생각에 어떤 독자도 정확히 어조가 무엇인지 또 우리가 느끼는 불확실함이 메리앤이 느끼고 있는 것과 비슷한 것인지 명확히 알 수 없다. 당신은 당신이 보고 있는 것을 또렷하고 분명하게 볼 수는 있지만 지금 보고 있는 것을 완전히 확신할 수는 없다.

이 장면은 기교가 있는 모든 작가들이 그러하듯, 베케트가 『고도를 기다리며』에서 방랑자들을 그리는 방식으로 이 여자들을 그리고 있으며, 사실주의에서 갑자기 형이상학으로 갔다가 다시 사실주의로 돌아온다. 그래서 장면에서 느껴지는 어조는 한마디로 묘사될 수 없다. 진행 중인 일의 밑바탕에 심리적 요인이 많이 깔려 있기 때문이다.

지금까지 했던 이야기와는 반대되는 용법——어조의 변화 없음——에 대해서도 언급할 것이 많다. 문학에서 좀비 같은 표현법이 우리시대에 반향이 되어 울리는 일은 어쩌면 당연한 일이다. 특히 관료주의적이고 유연성이 없는 경우에는 어조변화가 주는 "만져서 얼얼한 효과"보다 낫다. 심리적 외상, 정보에 대한 피로함, 익명성에 잘 어울리는 단일어조에는 뭔가 흥미를 끄는 부분이 있다.

하지만 지난 이십 년간 어조변화 없음에 대해 거슬리는 점은, 그것이 일종의 힙스터들이 취하는 데카당처럼 보인다는 것, (지금은 사라졌지만 어떤 자세처럼 굳은) 복고풍 유행처럼 보인다는 것이다. 중산 계급의 허구적 진실성, 허구적 애국주의, 그리고 온갖 허구적 열정에 저항하는 '어조변화 없음'과 '반어적 표현의 중지'는 적어도 1980년대 이후, 대량으로 또 효율적으로 포스트모던 예술에 있어 모든 형태로 이용되었다. 그리고 이제는 완전히 주류가 된 데다 흥미를 끄는 형태로 일부 쓰이고 있다. 조지 손더스는 그 가운데 한 명으로 좀비 같은 스타일의 명수이다.

시 오크에는 바다도, 떡갈나무도 없으며, 그저 정부 보조금으로 지어진 100여 채의 아파트와 페덱스 건물의 뒤통수만 있다. 민과 제이드는 자기 아이들 밥을 먹이면서 「내 아이는 어떻게 폭력으로 희생되었나」를 시청하고 있다. 민은 내 누이이다. 그리고 제이드는 우리 사촌이다. 금발에 키가 2미터에 이르는 「내 아이는 어떻게 폭력으로 희생되었나」의 진행자 맷 머튼은 늘 부모의 어깨를 쓰다듬으며 그들은 고통을 받아서 성자가 다 되었다고 말한다. 오늘 방송은 열 살짜리 아이가 비행 소년 집단에 들어오기를 꺼려하는 다섯 살짜리 아이를 죽였다는 내용이다. 열 살 먹은 아이는 줄넘기 줄로 다섯 살 먹은 아이를 질식시키고 입안에 야구 카드를 가득 넣은 뒤, 자신은 화장실에서 문을 잠그고 부모가 펀타임존――여기서 자신의 범죄를 고백한다――에 데려갈 때까지 나가지 않을 것이라 말하고, 그러고는 펀타임존에서 고무공이 가득 찬 그물망 속으로 괴성을 지르며 뛰어들었다. (「시 오크」)

자, 마을 사람들은 지금쯤 진짜로 이해하기 시작한다. 손더스의 소설이 보여 주는 경이는 맞아 쓰러져 얻은 좀비 같은 멍함으로, 어쩐지 (이것이 바로 그 경이로움이다) 근사하고 설득력이 있는데, 그것은 바로 죽었다 살아나는 것 같은 강렬함이다.

공룡월드의 가이드는 자신이 말하고 있는 것의 우위에 있으며, 자신이 말하고 있는 세상에서 분리되어 더 나은 존재라는 것을 보여 주려고 애썼다. 그리고 실제로 그렇게 했다. 하지만 그가 얻은 결실은 아주 미미하며 또 그것은 그것대로 과장된 행동만큼이나 판단착오도 있다.

제임스 앨런 맥퍼슨은 가장 최근의 회고록 『크랩케이크』에서 두 명의 아프리카계 흑인이 장난치듯 시시덕거리는 소리를 들었던 순간을 묘사한다. 그는 이렇게 쓰고 있다.

두 사람이 기분 좋게 시시덕거리는 소리는 내가 거의 잊고 있었지만 잘 알고 있었던 무엇인가를 일깨워 주었다. 믿을 수 없을지도 모르지만, 그것은 언어가 사용되는 방식에 있어 부차적이라는 점이다. 내가 잊고 있었던 것은, 모래주머니가 열기구를 조절하듯이, 어조와 억양은 단지 말을 도구로 사용하는 소리의 뉘앙스라는 것이었다. 의미를 전달하는 것은 어조와 억양이다. 나는 그것을 잊고 있었던 것이다.

사람들은 모두 그것을 잊어버린다. 나보코프는 잠 못 이루는 밤은 작가들이 치러야 하는 대가라고 말한 적이 있다. 그리고 만일 작가가 밤을 지새우지 않는다면 어떻게 다른 사람들이 밤을 지새우기를 바랄 수 있겠느냐고 능청스럽게 덧붙였다. 만일 작가가 어조변화를 통해서 자신의 작품에 관심을 표시하지 않는다면, 어떻게 독자들이 자발적으로 불신을 유예하고 관심을 갖게 되기를 바랄 수 있단 말인가? 책을 끝내고 나서 혹은 시를 끝내고 나서 이렇게 물어보라. "여기 뭔가 있나?" 그러면 결국 그 책은 그 '뭔가'를 드러낸다.

5. 장면 만들기 혹은 소란 피우기

명제 A: 소설에서 우리는, 실제 인생이라면 십중팔구 피하고 싶은 상황을 초래하는 인물을 보고 싶어 한다. 바로 이러한 '매력적인 동시에 피하고 싶다'는 갈등이 젊은 작가들에게는 끔찍한 골칫거리가 된다. 일상에서 작가는 어떻게 대립을 회피해야 할지 학습할 수 있겠지만, 소설의 세계에서라면 작가는 대립을 반길 뿐만 아니라 곧장 그 안으로 뛰어들어야 한다. 작가는, 한참 제정신이 아닌 데다가 전체 서사의 엔진을 작동하게 만드는 혐오 캐릭터를 가짐으로써 이야기를 만드는 데 도움을 받을 수 있다.

명제 B: 작가 자신이 통제력과 차분함을 유지하고 있다는 인상을 주려고 대립적 요소를 피할 때, 그는 실제 삶과 소설의 영역을 구별하지 못한 것이다. 이는, 우리 삶에서 극적인 대립은 저속한 것이기 때문에 비록 소설 속에 존재하는 것이라 해도 이를 피하는 것이 최선이라고 주장하는 것과 다름없다. 이런 식의 방식은 사후세계에 대한 부끄러움, 그리고 소설 속에서 사후세계가 만들어 낼 수 있는 다양한 울림들에 대한 부끄러움을 무심코 드러낸다. 영적으로나 극적으로나 진즉 극복되었어야 할 그 수치심 말이다.

수 년 전에 한 친구는 자신이 어떻게 결혼하게 되었는지 말해준 적이 있다. 내가 그녀를 안 지 얼마 되지 않았을 때, 그녀는 다소 과묵하고 감정을 잘 드러내지 않는 정치학과 대학원생과 사귀고 있었다. 수줍음을 탔지만 건장한 체격이었고 매주 터치풋볼[미식축구]을 할 때는 의심할 바 없이 과격했고 경기를 마치고 돌아올 때면 흙과 상처투성이였다. 내 친구는 이 남자가 교육을 잘 받았을 뿐만 아니라 거친 면도 있어서 복합적인 매력이 있다고 생각했고 몇 달간 만남을 지속한 후에 자신이 사랑에 빠졌다고 느꼈다. 그녀도 대학원에서 생물학을 공부하는 학생이었다.

서너 달 후 남자친구가 볼티모어에 있는 조금 비싼 식당에서 저녁식사를 하자고 제안했다. 그들이 아직 같이 살고 있지 않을 때였으므로 남자는 내 친구를 데리러 아파트에 와야 했다. 그때 그는 낡은 코트에 넥타이를 하고 있었다. 넥타이 매듭 근처에 거의 보이지 않는 조그마한 음식 자국이 남아 있었지만, 내 친구는 실망하기는커녕 외모에 신경 쓰지 않는 남자친구의 무심함에 반해 버렸다. 게다가 그런 모습에는 이미 익숙해져 있던 터였다.

남자친구가 예약한 강변의 어느 식당에서 그녀는 저녁 식사로 조개관자를 주문하고는 문득 남자친구의 얼굴이 붉어지는 것을 보았다. "얼굴이 빨개." 그녀가 말했다. "무슨 일이야?"

"꼭 해야 할 말이 있어서." 그가 말했다. 식당은 그 지역에서 평판이 좋아 사람들로 꽤 붐볐고 시끄러웠다. 남자친구는 그녀가 아무 말도 듣지 못한 것처럼 더 크게 말했다. "꼭 해야 할 말이 있어." 용기를 내려고 안간힘을 쓰는 것 같았다. 그는 주머니에서 조그마한 상자를 꺼내 열었다. 약혼 반지였다. 곧이어 의자를 빼더니 한쪽 무릎을 꿇고 앉았다.

"음…" 그가 물었다. "나랑 결혼할래?"

내 친구는 이 순간을 잊지 못하며 이야기하기를 즐긴다. 청혼을 받아 기뻐서가 아니라 식당에 있는 사람들 모두가 그들을 쳐다보고 있었기 때문이었다. 친구는 그 순간이 당황스러운 동시에 자신의 당황이 재미있었다고 한다. 그녀는 약혼반지와 넥타이의 자국을 한참을 쳐다보았다. 자신이 기억하기로 그녀는 이렇게 대답했다. "응, 결혼할게. 남들이 보는 데서 이런 소동을 피우지 않는다면 말이야."

만일 당신이 (나처럼) 점잔을 빼는 집안에서 자랐다면, 아마 소동 같은 상황이나 어떤 장면을 만들지 않으려 애쓸 것이다. 설사 그것이 누군가 당신을 사랑한다고 고백하는 상황이라 할지라도 말이다. 그러나 이것은 이야기를 쓰는 데 있어 추천할 만한 마음가짐은 아니다.

내가 살고 있는 미니애폴리스에는 마치 경쟁하듯 내 관심을 끄는 서점이 몇 군데 있다. 그 중 하나는 독립 책방으로 미국 원주민 문학, 소설과 논픽션, 그리고 철학책 서가 옆의 처세 관련 문학까지, 양질의 책을 정선해 놓았다. 이와는 대조적으로 3킬로미터 정도 떨어진 번화가의 엄청나게 큰 반즈앤노블 서점은 주류라고 간주되는 책이라면, 글쓰기에 관한 책을 포함해 온갖 종류의 책을 다 볼 수 있다. 글쓰기 책은, 정확히 말해 글쓰기의 기교에 대한 책들은 섹션 하나를 통째로 차지하고 있는 자기계발서 옆에 자리한다. 이 책들을 몇 분간 살펴보면 이 두 섹션이 합쳐졌다는 사실을 알게 된다. 격려나 위로의 말을 포함한 일부 글쓰기 책, 또 일부 자기계발 책은 글쓰기를 자신을 발전시키는 활동으로 포함하고 있다.

소설 쓰기에 평생을 바치는 일이 누군가를 어떤 식으로라도 치유했는지 의문이 든다. 키이츠(Keats)는 작가들이 대부분의 시간을 자신들이 병자인지, 의사인지 알아내는 데 할애한다고 말했다. 하지만 공교롭게도 이 자기계발 글쓰기 책 가운데 하나는 우연찮게도 내가 십대에서 이십 때 초반까지 알고 지내던 작가 브렌다 유랜드(Brenda Ueland)의 것이다. 그때는 30년 전이었고, 브렌다는 그의 나이 80대였다. 그녀는 내게, 또 다른 많은 사람들에게, 자신만의 특별한 열망을 좇으라고 격려했다. 내가 작가가 되고 싶다고 하자, 그녀는 강력히 밀고 나가라고 권했다. 브렌다는 "행동으로 옮기지 않는 욕망을 간직하고만 있는 것보다 더 나쁜 것은 없다"는 윌리엄 블레이크의 말을 인용하곤 했다.* 그녀는 80대가 되어서도 누구보다 대담했다. 내가 아는 누군가는 이렇게 말했다. "브렌다는 늘 사람들을 추켜세우는 사람이에요." 이 표현은 이렇게 해석할 수도 있다. 그녀는 사람들이 하고 싶은 일을 미루기보다는 더 일찍 시작하도록 북돋아 준다고. 글쓰기에 관한 그녀의 책『글을 쓰고 싶다면』은 다양한 격려의 말로 구성되어 있다. 그리고 우리 동네 대형서점인 반즈앤노블은 이 책을 자기계발서 섹션에 꽂아 놓았다.

물질만능주의 사회에서 물질이 아닌 정신에 전념하는 일은

---

* 윌리엄 블레이크의 지옥의 격언은 다음과 같다. "행동으로 옮기지 않는 욕망을 간직하기 보다는 차라리 요람 속의 아기를 죽이는 편이 낫다."

적지 않은 에너지와 강한 의지가 필요하다. 브렌다 유랜드는 그러한 역량을 찾아내는 일이 어렵다는 것을 잘 알고 있었기 때문에 그녀의 책은 감탄을 자아내며 기운을 북돋아 준다. 『글을 쓰고 싶다면』은 실제 글쓰기와 인생의 지혜로 가득한데, 이는 브렌다 유랜드가 고상한 척하는 태도를 빠르고 쉽게 간파할 수 있었기 때문이다. 책에서 그녀는 자신이 무조건 따르는 두 가지 규칙이 있다고 말했다. 진실을 말할 것, 그리고 원하지 않는 일은 하지 말 것. 옳은 말이다. 가난이나 실직을 한 번도 경험해 보지 않은 사람에게는.

『글을 쓰고 싶다면』은 기술(art)을 갈고닦으면서 정신적 허탈감에서 벗어나고 싶은 사람들, 그리고 그것을 실천에 옮기기 위해서 교만한 중산층의 가치 기준에서 벗어나야 하는 사람들을 겨냥하고 있다. 이들에게는 실패와 추궁에 맞설 대단한 의지가 필요하다. 실용주의자 친구들은 걱정해 주는 체하면서 "그걸로 벌어먹고 살 수 있겠어?" 혹은 "애들은 어떻게 키우려고 그래?" 하고 질문할 것이다.

단기적으로 글쓰기는 자기계발과 치료에 효과가 있으며, 특히 자신들이 당해 왔던 일에, 그리고 그들이 타인에게 가했던 일들을 정면으로 마주해야 하는 사람들에게 어떤 결과를 낼 수 있다. 수감자들과 일해야 하는 사람들, 그리고 사회 복귀 훈련소, 다양한 노숙자 쉼터, 동호인 단체에서 일하는 사람들에게 나는 문학과 심리치료는 완전히 다른 분야이며 그 결과물들은 서로 교전 중임을 의심도 하지 않고 이렇게 말한다. "행운을 빕니다. 신의 은총이 있기를."

문학이 가능하게 하는 '반영', 즉 우리 자신을 비추는 그 어두운 수면은 어쩌면 아무 목적을 갖지 않는지 모른다. 위대한 음악이 그러하듯이 말이다. 예술의 무목적성을 이야기한다고 해서 예술에 반대한다는 주장을 하려는 건 아니다. 그것은 단지 실용주의자들이 제기하는 문제일 뿐이다. 따라서 무의미함을 면하는 방법으로, 또 쓸모없는 행위에 대한 불안감의 발로로 우리는 (특히 미국사람들은) 문학을 도덕적으로 고찰하고 실용적으로 사용하기 위해 애쓴다. 그래서 우리는 인생에서 마주치는 괴로운 문제들에 대해서는 읽고 쓰기를 꺼려 할 때가 있다. 하지만 실제 인생에서 좋은 경험은 문학에서는 종종 좋은 일이 아니며, 또 역으로 소설의 좋은 요소를 인생에 적용했을 때 좋지 않을 수도 있다.

소설 쓰기에서 소망의 왜곡이 가져오는 효과는 아무리 강조해도 지나치지 않다. 소설에서 소망의 힘은 판타지라는 형식적 특성으로 나타날 수 있다. 이야기는 진실이 아니라 자아실현을 위한 무대가 된다. 우리는 우리가 되고 싶어 하는 인물을 그리려 하며, 그 결과 진부하고 맥없는 비현실적 소설을 쓰게 된다.

이러한 종류의 이야기들은 문학에 위배되는 몇 가지 잘못을 저지르는데, 첫째는 긍정적 자기 이미지를 위해 사건을 왜곡하는 것이고 둘째는 버릇처럼 사람들을 원래의 모습보다 더 나은 인물로 그리는 것이다.

소설 속에는 보통 삶에서라면 회피할 장면을 만들어 내는 등장인물이 있어야 한다. 작가들은 행복한 삶을 영위하기를 바라겠지만, 그들은 자신들의 글이 너무 생생해서 고상한 계층에게 화를 당하면 어쩌나 두려워한다. 그리고 만일 그런 일이 벌어진다면, 작가들은 문학의 명예 훈장을 단념한다. 소설은 점화 장치 역할을 하는 등장인물 ─ 본질적으로 불쾌감을 주는 유형 ─ 을 중심 행위자로 필요로 한다. 소망충족을 거부하는 이야기, 정중하고, 고상하고, 또 '실용'적이길 거부하는 것은 혼란스러운 자책감 그리고 소설 특유의 괴상한 특성에 여러 가지 기회를 제공한다.

¤

내가 어렸을 때 우리 집은 늘 조용했다. 새아버지는 배운 사람으로 위트가 있었지만 성미가 급해 해가 갈수록 극도로 까다롭게 변해 갔다. 예를 들어 그는 고속도로 공사 현장을 지날 때마다 그 공사가 하층민들을 먹여 살리려고 만들어 낸 불필요한 일이라는 말을 했다. 또 초등학교 근처에서 제한속도를 지키라는 교통 표지를 보고도 분해했다. 어머니는 그와는 반대로 의지는 강했지만 중서부의 중산층 기독교인으로 직설적인 표현을 꺼렸다. 내가 배짱이 좀 생겨서 특히 사춘기 때 집안 상황에 분노를 표하자 어머니는 호되게 나무라면서 이렇게 말했다. "얘, 찰리야, 소란은 그만 피워라."

내가 자란 곳에서는 소란 피우는 행위(making a scene)를 상스럽다고 여긴다. 소란은 하층계급에서나 피우는 것이며, 그들은 서로 소리를 지르고 그릇이나 접시를 던진다. 통제력을 상실한 행동은 어째서 그들을 책임자의 자리에 앉히면 안 되는지 명백히 드러냈다. 그들을 본보기로 삼는 건 절대 있을 수 없는 일이었다. 새아버지는 격정이나 분노에 사로잡히거나 고함치는 연속극이나 영화를 볼 때마다 이렇게 말했다. "진짜 삶은 저런 게 아니야." 그 말은 우리 같은 사람들은 저렇게 행동하지 않는다 혹은 적어도 우리는 저래서는 안 된다는 뜻이었고, 무엇보다도 우리는 저런 '소란'을 피워서는 안 된다는 뜻이었다. 언제든지 '그것'이 능숙하게 관리하는 계급에 속한다는 표시로 간주될 때, 우리는 과묵해야만 했다. 또 우리가 살았던 삶이 바로 '삶'의 정의였다. 그것 말고 무슨 다른 정의가 있을 수 있겠는가?

우리는 극적으로 행동하지 말아야 했다. 드라마는 다른 사람들을 위한 것 혹은 오락물에나 쓰이는 것이었다. 소란을 피우지 말라는 말과 함께 쓸데없는 말을 늘어놓지 말라는 말도 들으며 자랐는데 말로 표현하자면 "찰리야, 없는 이야기 만들어 내지 말거라(don't tell tales)"였다. 우리 집안에서, 그 어떤 것일지라도, 서사로 구성해 내는 데에 대해 얼마나 눈살을 찌푸렸는지 이제와 생각해 보니 흥미롭다.

이 모든 억압은 새아버지의 무의식적 영국 숭배와 자제력에 대한 자의식에서 생겨난 결과물이었다. 외국의 관습과 습관은 여권 없이는 갈 수 없는 대서양 건너 멀리 있는 그들 나라에서는 허용되었다. 하지만 미국에 들여왔을 때, 이러한 기이하고 자유분방한 태도, 믿음, 그리고 그것과 연관된 음식들, 가톨릭교! 고백성사! 파스타!는 비웃음거리에 불과했다.

하지만 물론 우리 가족도 결국 소란을 피우게 되었다. 어디나처럼 우리도 고함을 지르고 못된 행동을 했다. 나 자신의 분노가 어디에서 왔는지 알기 위해 나는 우리 가족의 거짓 고상함이라는 겹겹의 방호물 속에서 힘들게 싸웠으며, 또 그 동일한 고상함 속에서 내 것이라 주장할 수 있는 그 어떤 감정이라도 얻기 위해 힘겹게 싸워야 했다. 어렸을 때 내가 배운 자제력은 본능에 저항했지만, 작가가 되고 나서 나는 결국 그것을 인정하고 배우게 되었다.

내가 배워야 했던 잘못된 행동의 교훈은 내 안에 있는 가장

심오한 욕망을 존중하는 것이었으며 그것이 제 아무리 남에게 보일 수 없는 것이거나 혹은 불쾌한 것일지라도 종이 위에 장면들을 창조해야 한다는 것이었다. 나는 먼저 삶에서 장면 혹은 소란을 만들었고 그런 다음 그것을 이야기로 옮겼다.

¤

작가와 함께하는 워크숍에 대한 한 가지 흥미로운 현상은 작가가 매우 중대한 대립을 표현하려고 사력을 다했을 대단히 극적인 장면을 대면할 때, 워크숍에 참석했던 사람들은 대개 결론적으로 "멜로드라마 같다"라고 말한다는 점이다. 이는 극이 사람들을 불안하게 만들고 장면을 구성하는 등장인물은 자주 불쾌하며 호감이 가지 않는다는 말과 같다(물론 초보 작가가 끔찍하고 지나치게 극적인 대립으로 가득한 소설을 쓰는 것은 맞지만, 그들은 일단 인정받을 만한 작가가 되고 직업을 얻으려 노력하면서 이를 극복한다). 공공연한 분노와 직접적인 대립은 아직도 대다수의 고상한 독자들에게는 세련되지 못한 것으로 다가온다. 회원제 클럽에서 주먹싸움보다 더 상스러운 것은 없다.

이 같은 불쾌함에서 특별히 드러나는 것은 이렇다. 글쓰기 워크숍에서 종종 상기되고 칭송되는 어떤 종류의 성격묘사는 — 예를 들면 체호프, 톨스토이, 앨리스 먼로 — 도스토옙스키의 작품 다수를 포함해, 거의 인용되지 않는 다른 종류의 성격묘사와 대조를 이루고 있다는 것이다. 도스토옙스키의 위대함은, 이미 잘 알려진 것처럼 묘사하기 쉽지 않다. 그의 소설에서 가장 주목할 만할 인물들은 익살맞으면서도 기괴하다. 반사회적이고, 천재적이고, 의기소침하며, 그들을 특징지으려고 작가가 구사했던 기법은 그들이 어쩌면 교도되지 않는다는 것이었다. 체호프뿐만 아니라 많은 사람들은 도스토옙스키가 방종에 빠졌다고 생각했다.

도스토옙스키의 작품은 다수의 독자들과 대학원의 글쓰기 프로그램에서 계속되고 있는 골칫거리이다. 도스토옙스키 자체도 그다지 매력적이라 할 수 없으며 또 소설에서 가장 불쾌감을 주는 인물들은 독자들이 논리적으로 이해할 수 없고 참을 수 없는 불안감을 낳게 한다. 이것은 칭찬이다. 그의 작품을 번역했던 데이비드 마가색은 도스토옙스키의 정치적 사고는 진지하게 받아들여서는 안 되며, 정치는 그에게 오직 일부분에 불과하다고 말한다. 또한 그의 소설을 기교나 양식, 혹은 도덕에 대한 합리적이거나 단순한 교훈이라고 일축해서도 안 되며, 어떤 근본적인 면에서 그는 이 모든 것을 초월했다고 말한다.

도스토옙스키의 인물이라고 했을 때 곧바로 떠오르는 특징은, 거대한 장면을 만들어 내기 위한 인물들의 신경질적 강박이다. 인물들은 『죄와 벌』의 주정뱅이 말메라도프처럼, 항상 누군가의 옷깃을 부여잡고는 뜨거운 입김을 얼굴에 풍기며 한두 마디 묻는데, 이는 정신을 혼란시키는 혼잣말로 그 장이 끝날 때까지 지속되거나 혹은 더 길어질 수도 있다. 도스토옙스키의 작품에는 이야기를 서술하는 과정이나 행위의 간격이 무너지는데, 영화 비평가이며 각본가 조지 톨스(George Toles)는 이를 다른 맥락에서 '이야기의 간격' 즉 오랜 시간에 걸쳐 사건의 변화를 다루는 관점이라고 부른다. 그로 인해 독자들이 사건들을 객관적으로 평가할 수 있다. 간격의 붕괴는 소설의 장면들이 독자들과 아주 가까운 어떤 극적인 장소에서 빈번히 일어나고 있다는 인상을 주기 때문에 독자들을 그 장면에서 떠날 수 없게 만든다. 도스토옙스키의 소설을 읽는다는 것은 배우들이 관객들의 얼굴에다 침을 튀기는 연극 무대 맨 앞줄에 앉아 있는 것과 같다.

대개 도스토옙스키의 장면들은 두 가지 특징을 갖고 있다. 첫째는 엄청나게 많은 정보가 압축되어 있다는 것이고, 둘째는 오페라와 유사한 극적 강렬함이 최고 한도인 트리플 포르테에 맞추어져 광란에 가까운 무질서한 형태를 띠고 있다는 것이다. 이 같은 형식으로 창조된 장면들은 끔찍하면서도 익살스러운 감정으로 뒤범벅되어 있다. 모든 인물들이 침착성을 잃거나 전반적인 열기에 녹아 버린다. 절정은 이야기가 적당히 만들어지기 전에 이미 달성되어 버리고, 보통 때 입심 좋던 인물들은 결정적 순간에 어눌해진다. 말문이 막힌다. 웅변이 그들을 배반하거나 잘못된 어조가 귀청을 때린다. 사람들은 결코 적절한 상황에서 한마디하는 것이 모든 문제를 해결할 것이라 생각하지 않는다. 명확하지 않고 제정신이 아닌 과열된 장황한 연설이 대신한다. 인간이 홀로 이 엄청난 규모의 사건들을 작동시킬 능력은 없어 보이며 어쩐지 온 우주가 관계된 것처럼 보인다. 이러한 무한한 드라마에서 중심인물의 영혼은 불 보듯 뻔히 보인다.

작품에서 적대자(Antagonist)의 특징은 무엇보다도 행실이 나쁘고 스스로 통제할 수 없으며 억누를 수 없는 무능함을 통해 확연히 드러난다. 그들의 육신은 부차적인 것에 불과하다. 만약 당신이 영혼을 찾고 있다면 나쁜 행실을 보라. 가장 확실한 지표가 될 것이다. 소설에서 이야기를 서술하는 사건들과 개인의 행동은 그만큼 넓게 확대되어 광포한 동물이 별 탈 없이 무대에서 사라져 없다 해도 그 무한함이 느껴진다. 『악령』의 스따브로긴, 『죄와 벌』의 라스꼴리니코프, 『카라마조프 가의 형제들』의 스메르자코프의 불안정한 상태는 평범한 행동이나 대화에 그들의 목숨이 달려 있다 해도 어쩔 수 없을 정도이다. 게다가 그들은 평범한 일상사에 관심도 없다. 매력이라고는 찾아볼 수 없으며, 그들의 위트는 설사 있다 해도 우스운 점은 별로 없고 징징거리거나 신랄하게 비꼬는 형태를 띤다.

도스토옙스키의 인물들은 품위 있는 사회의 고상한 관습을 접할 기회가 없다. 원래 있던 공손함마저도 마음이 동요하면서 녹아 없어지며 이는 항상 격정으로 바뀐다. 그들에게는 써먹을 매력이 없다. 도스토옙스키의 소설에서 병리학적 주안점은 어마어마한 규모와 동화하기 어렵다는 성질과 관련이 있다. 이런 측면에서만 볼 때, 그것은 신성함과 닮았다. 이 인물들은 아무리 관대하게 표현한다 해도 무례하며, 이것은 독자나 사회의 견지에서 모욕적으로까지 느껴진다. 만일 그들이 제공하는 정신적·영적·정치적 정보가 종국에 가서 인간 사회에 그다지 중요하지 않다면, 그 인물들은 고려할 가치가 없다고 일축될 것이다. 그들은 다루기 힘든 지적 능력과 강박적인 면을 가진 세례 요한으로, 그들의 밑바닥에서 쉼 없이 작용하는 기형적으로 탁월한 지성이 나머지 역사의 흐름을 바꾸어 놓을 음모를 꾸미며 바삐 활동하고 있다.

독자가 문학에서 어떤 원인과 공포스러운 상황을 기술하는 방법을 발견하고자 한다면 — 예를 들어, 배척과 열중의 대상, 그리고 니체가 말했던 '원한감정' 같은 — 그 목적을 성취하는 데 도스토옙스키만큼 도움이 되는 작가는 없을 것이다. 어쩌면 그는 근사한 생각이 조절불가능한 아웃사이더의 정신병리학적 분노로 바뀌는 것에 관한 한 세계 최고의 심리학자일지도 모른다. 그는 표적을 염두에 두지 않고 돌팔매질 하는 사람, 아사 직전에 이르러 빵집에 불을 지르는 사람에 대한 전문가인 것이다.

도스토옙스키의 주인공에게 느끼는 독자들의 불쾌감은 되풀이하여 사용할 수 있는 원천이다. 내가 알기로 만년의 작품에서도 결코 빠지지 않고 등장했다. 천사와 악마 사이의 균형이 바람직한 중심축을 찾지 못한다면, 재료 주변 배경의 크기도 항상 유예된다. 이러한 사건들을 어떻게 균형 잡힌 관점에서 볼 수 있을까? 종종 바로 그 균형감의 부재가 그의 소설의 핵심인 듯 보이며 이것은 특히 『악령』과 『카라마조프 가의 형제들』에서 두드러진다. 또 이것은 도스토옙스키가 마지막 소설에서 이반의 빈약한 합리주의를 반박하려고 애쓰면서 작가 자신에게 일으킨 문제이기도 하다.

도스토옙스키 소설의 주인공은 자주 소란을 피우느라 바쁘다. 나는 '소란 피우기/장면만들기'를 글쓰기의 기법이 아니라 행위의 형태로 묘사하고자 하는 것이다. 소란 피우기의 첫 번째 정의는 인습적 예의범절을 따르지 못하는 의례에 있어서의 무능함을 말한다. 만일 예의범절이 행동수칙을 구성한다면, 그래서 우리 행위가 받아들여지고 우리를 품위 있는 사회에서 두드러지지 않게 해준다면, 나쁜 행실은 어떤 식으로든 우리를 눈에 띄게 한다. 구경거리가 되는 것이다. 나쁜 행실은 우리를 무대에 세우며, 그리고 그 무대는 작가라면 누구나 알듯이 극적 호소력에 필요한 조건이 된다.

　이것은 소란 피우기의 두 번째 정의로 이어지는데, 우리는 우리의 욕구를 타인에게 강제로 보여 주려고 할 때 소란을 피우며 대개는 소망이나 요구를 강요하려는 속셈으로 그렇게 한다. 그렇기 때문에 소란 피우기는 욕망을 무대에 올리는 것이다. 품위 있는 사람들이 소란을 두려워하는 것은 놀라운 일이 아니다. 설령 식당에서 사랑하는 사람에게 청혼을 받을 때라도 말이다.

Ⅺ

　식당에서 한 잔의 커피를 더 달라고 하는 일은, 소란이라고 할 수 없다. 하지만 만일 내가 커피를 마셔야겠다고 카운터에 가서 여종업원이나 요리사에게 고함친다면, 나는 소란을 피우고 있는 것이다. 나는 이제 불쾌한 존재이고 미친 사람처럼 보인다. 나는 내 광기를 드라마로 연출하고 있는 것이다. 나는 이제 도스토옙스키를 조금은 알 것 같다.

　교과서적 정의에서 장면(scene)은 보통 '동일한 공간에서 하나의 통합된 기간에 일어나 벌어진 행위'를 말하는데, 말하기와는 대조되는 보이기의 형태이다. 그렇지만 소란 피우기 또한 욕망의 연출, 즉 사악함을 드러내며 극적으로 만들 수도 있다. 그런 글은 격정과 충돌하는 것을 두려워하지 않는다. 대립과 회피를 행하는 대신에 대립을 굴복시키고, 어떤 일이 있더라도 그 결과를 직시한다. 그것은 어쩌면 되풀이처럼 단순한 것일 수도 있다. 헤밍웨이의 단편 「흰 코끼리 같은 언덕」에 등장하는 여자는 "당신 제발, 제발, 제발, 제발, 제발 닥쳐요"라고 말하면서 소란 피우는 장면을 만들어 낸다.

우리는 여기서 당면한 과제가 무언지, 또 드라마 글쓰기는 어째서 너무 자주 자기계발과 반목되는지 살펴봐야 한다. '대립-회피' 문제를 소설에 끌어들이는 행위는 실제 삶과 소설의 경계를 흐리게 하기 위해서다. '인생에서 윤리적으로 문제없는 것' 대(對) '소설에서 감동을 줄 수 있는 것'의 문제인 것이다. 극적 매개물인 소설은 작가에게, 단순히 드러내기 위한 용도로 쓰는 '대립-회피'의 버릇을 버릴 것을 요구한다.

예의바른 생활과 대립-회피를 실행해 온 사람들은 소설 무대에 들어오기 전에 그 같은 습관을 버려야 한다. 이야기는 나쁜 행실, 나쁜 태도, 충돌, 그리고 소망이나 강박증 때문에 소란을 일으키는 것으로 욕망을 드러내는 불쾌한 인물들로 번성한다. 도스토옙스키가 그의 인물들이 더 호감이 가고 외모가 단정해야 한다는 생각을 경멸한다고 상상해 보라. 도스토옙스키적인 소설을 지향하는 사람들은 끊임없이 질문한다. "당신은 진실을 원하는가, 아니면 보기에 근사한 기만을 원하는가?" 소설은 인간이 현실보다 더 나아질 필요가 없는 곳, 등장인물들이 서로 충돌할 수 있고, 충돌해야 하는 곳, 소란을 피워야 하는 곳, 욕망이 이기는 곳, 모든 진실이 아름다운 곳이다. 소설은 바른행실지침서의 해독제이다.

사람들이 모두 보는 앞에서 혹은 아무도 없는 곳에서 소란을 피우지 않고는 못 배기며, 격분하고, 감정을 설득력 있게 표현하고, 있을 법한 인간을 종이에 옮겼을 때 우리는 그에 대한 보상을 받는다. 물론 모든 소설에 그러한 인물들이 필요한 것은 아니다. 하지만 그것은 종종 다른 사람들을 불타오르게 하는 촉매제 역할을 한다. 예를 들어 윌리엄 트레버는 대개 극도로 문명화된 영국사회를 배경으로 시작해 반미치광이에 가까운 인물로 옮겨 가는 형식을 취한다. 그 미치광이는 주목의 대상 역할을 한다.

존 치버의 단편 「다섯 시 사십팔 분」의 주인공 회사원 블레이크는, 그의 비서와 잠깐 바람을 피웠는데, 그 비서의 이름은 너무나 적절하게도 '덴트'**다. 애정행각이 끝나자 그는 덴트를 해고하라고 조처한다. 블레이크는 혐오스러운 교외 거주자로, 회

** Dent ; 찌그러진 곳, 움푹 들어가게 하다 등의 뜻이 있다.

사와 집에서는 고상한 척하면서 체면을 차리지만, 위선적이고 자기기만에 빠진 사람이다. 실제로 이야기가 전개되는 과정에서 우리는 그의 취미가 체면 차리기라는 것을 알게 된다. 그는 이웃 남자의 "길고 더러운 머리털"과 코듀로이 재킷을 비판한다. 하지만 어느 늦은 오후 셰이드 힐에 있는 집으로 돌아가는 통근열차에서 비서인 덴트가 옆자리에 앉아 예기치 않게 총구를 겨누고 있다고 말하기 전까지 이 따분한 바람둥이에게 극적인 영향력은 없다.

덴트는 일종의 미치광이이지만, 치버의 이야기 속에서 그녀는 메신저의 운명을 부여받았고 그녀의 광기는 극적인 장소라고 하기에는 애매모호한 곳에서 펼쳐진다. 소란 피우는 장면을 만들어 내는 인물로 그녀는 블레이크의 얼어붙은 영혼의 바다를 깨는 도끼이다. 그녀는 자신의 강박을 행동으로 옮길 수밖에 없다. 그를 필사적으로 비난하며, 그렇게 하면서 이야기에 긴장감을 준다. 총구가 자신에게 겨누어진 상황에서 블레이크에게는 시간이 없으며, 덴트는 그에게 주목의 대상이 되었다. 블레이크의 세상은, 혹은 남아 있는 시간은, 죽음을 목전에서 경험했던 사람들이라면 누구나 가졌던 그 가치를 일깨우려는 참이다.

[그녀가 말했다.] "이봐요. 난 이 순간을 위해 몇 주나 계획했

어요. 이것만 생각했어요. 당신이 내 말을 잠자코 듣는다면 당신을 해치지는 않을게요. 악마의 존재에 대해 생각해 봤어요. 내 말은, 만일 악마가 이 세상에 존재한다면, 만일 이 세상에 악을 대변하는 인간들이 있다면, 그것들을 뿌리 뽑아야 하는 게 우리 할 일 아닐까요? 난 당신이 늘 약한 사람들만 괴롭힌다는 것을 알고 있어요. 나는 알 수 있어…"

이것은 미국 교외로 규모가 크게 축소된 버전의 도스토옙스키이다. 참전 용사였던 블레이크는 총알이 발사되면 자신이 어찌될까 하는 생각이 먼저다. "… 총알은 축구공만 한 구멍을 만들며 그의 몸을 뚫고 나올 것이다." 하지만 그에게는 벌써 구멍이 있었다고, 심장에 있어야 할 곳에 구멍이 있다고 치버는 넌지시 말한다. 블레이크는 통근열차가 "우울한 교실" 같다는 생각을 한다. 나중에 이 불행한 한 쌍의 남녀가 셰이드 힐에 도착하자, 덴트는 그에게 밖으로 나가라고 지시하고 그들은 석탄 야드 쪽으로 걷는다. 그러자 그녀가 멈추라고 말한다. 여기서 그녀가 하는 다소 미친 듯한 한탄은 감정적으로 이해가 되는 반면, 블레이크의 이치에 맞는 비열함에는 공감하기 어렵다.

"…낮에 밖에 나가는 것이 두려워…. 나는 해가 지고 어스레할 때만 온전히 나 자신인 것 같아. 그렇다 하더라도 나는 당신보다는 낫지. 아직도 가끔 좋은 꿈을 꾸니까. 소풍과 낙원 그리고 인류애, 또 달빛 속의 성들과 버드나무로 둘러싸인 강과 외국 도시의 꿈을 꾸지, 그리고 어찌 되었건 당신보다 사랑에 대해 더 많이 아니까."

그녀는 블레이크를 말 그대로 엎드려 기어가게 하고, "이제 기분이 좀 나아졌어" 하고 말한다. 그녀는 인정한다. "내게는… 어느 정도의 친절함, 어느 정도의 분별력이 있지." 블레이크는 "일어나서 바닥에 떨어져 있던 자신의 모자를 집어 들고는 집으로 걸어갔다".

대부분의 독자들은 치버의 덫에 걸려든다. 독자들은 평범해 보이는 남자에게서 멀어져 미치광이 몽상가에게 동정심과 애착을 느낀다. 하지만 그 미치광이는 공교롭게도 진실을 인지하고 있다. 광기는 사실상 목적을 달성하기 위한 수단이다. 그녀는 이렇게 말한다.

"가끔 내가 착하고 사랑스럽고 분별력이 있었다면… 하고 생각을 해. 만일 내가 이 모든 조건을 갖추고 있는 데다 젊고 아름답기까지 했다면, 그리고 만일 정당한 방법으로 만나자고 전화했다면, 당신은 내 말에 주의를 기울이지 않았을 거야…"

그녀의 말이 맞다. 젊음과 아름다움으로 누군가를 다그치기는 힘들 것이다. 그녀는 납득시키기 위해서는 무기가 필요하다. 그녀는 소란을 피우며 장면을 만들어야 한다. 가끔씩 교실에서 필요한 것은 교사의 손에 쥐어진 총으로, 이는 또한 플래너리 오코너의 단편 「좋은 사람은 찾기 어렵다」의 미스피트와 리처드 바우시의 「벨 스타를 알았던 남자」에서 벨 스타가 주장했던 것이기도 하다.

마지막 예는 에드워드 P. 존스의 책 『도시에서 길을 잃다』로, 그의 작품은 최근에 미국에서 나온 소설 중에서 도시 근교의 삶을 가장 용의주도하게 관찰하고 있다.

책의 주제는 워싱턴 D.C.의 아프리카계 흑인 그룹으로 그들의 상실감을 측정하고 회복하는 방법에 관한 것이다. 이야기 속 등장인물의 이해는 도시적 리얼리즘이라는 전통을 이어받은 카프카적 정서에 많이 기대고 있다. 끈기를 요하는 소설의 세세함은 현실을 초월한 동시에 환상적이며 꿈은 슬로모션과 같은 선명함과 논리로 묘사된다. 소설에서 가장 불쾌한 인물들조차도 자신들의 삶이 몽환적이라는 것을 파악하고 있다.

어떤 기운을 느꼈지만 그것이 무엇인지 알 수 없었다. 그는 공원에서 걸어 나왔다. 무슨 일이 벌어지지 않을까 혹은 누가 나타나지는 않을까 계속 뒤를 돌아보았지만, 거리에는 그 혼자였고 낙엽만이 뒹굴고 있었다. 17번가로 가면서 그는 계속 뒤를 돌아보았다. 주소록을 꺼냈다. 하지만 희미한 가로등 아래서 이름도 주소도 읽을 수 없었다. … 그는 어떤 기운이 감돌고 있는지 알지 못했다. (「젊은 사자들」)

꿈이 그러하듯이 이야기는 방향을 찾기 위해 자주 극적으로 표현된다. 어느 소녀는 자신의 애완용 비둘기를 지켜보며 위치 감각으로 도시의 지형을 익힌다. 어느 아버지는 딸의 뺨을 때린 후 딸이 사라지자 학교에서 찍은 사진을 들고 한 번도 가본 적 없는 동네를 돌아다니며 낯선 집 대문을 두드리고 딸에 대해 물어본다. 그 수색은 결국 소모적으로 변하고(나는 여기서 내 제자 앤드루 코언이 존스의 이야기를 읽고 내린 멋진 해석에 기대고 있다), 딸을 찾는 과정에서 낯선 사람들의 삶을 들여다보다가 한 도시를 발견하게 되고 결국 과거 자신의 잘못을 씻게 된다.

이 책은 일종의 극적이고 극단적 상세 묘사를 위해 독자적인 모형 철도 세트를 끼워 넣어 비유적으로 사용하고 있다. 이것은 사실 이 같은 이야기 속에서 우리가 찾아내려는 그런 종류의 묘사를 하기 위한 본보기가 된다.

그 세계에는 철도 선로와 나란히 좌우로 흔들거리며 움직이는 단순한 플라스틱 모형은 없었다. 오히려 사람들로 가득 차 있었다. 손으로 직접 깎아 만든 나무로 된 여자가 챙이 넓은 모자를 쓰고, 진짜 천으로 된 정원사 차림으로, 이마에는 현미경으로 봐야 보일 듯한 구슬땀을 흘리며 꽃밭에 꿇어 앉아 일에 전념하고 있었다. 몇 센티미터 떨어진 곳에는 손으로 조각된 어린학생들이 운동장에서 까불며 뛰놀고 있었다. 한 무리의 아이들은 술래잡기를 하고 있었고, 그 중에 뺨이 먼지로 살짝 얼룩진 소녀에게서 술래를 잡힌 소년의 얼굴은 소스라치게 놀란 표정을 짓고 있다. 한 발짝 정도 떨어진 곳의 작은 풀밭에는 손으로 조각한 두 명의 농부가 언쟁을 하고 있었으며, 한 명은 상대에게 삿대질을 하고 있었고, 다른 한 명은 상대의 가슴을 향하여 주먹질을 하고 있었다.

이 정도의 구체적 묘사는 정형화되는 이미지에 영구적인 방벽을 쌓는다. 이만큼 정밀한 묘사를 하는 작가는 흔하지 않다.

너무나 많은 책 속의 인물들은 갈팡질팡하며 감각을 잃거나, 상실감에 잠식되거나, 혹은 삶의 근원적인 부분에서 자신들의 자리를 찾지 못하기 때문에, 소란을 피워야만 그들의 존재를 느낄 수 있기라도 한 양 소란을 피우게 된다. 소란을 피우는 행위는 그들을 감정선 위에 위치시킨다. 꿈같은 그 이야기들은 참여자의 진짜 감정이 무엇인지 발견하는 과정에서 이따금 정처 없이 헤맨다. 모든 것이 다 샛길일 때, 잘못된 진행 방향은 없다. 내 제자 한 명이 일찍이 관찰했던 것처럼 이 같은 이야기들은, 대상이 원래 양면적이거나 혹은 대상 없이 애도하거나, 아니면 누구를 위한 애도인지 헷갈리는 것으로, 프로이트가 우울증(melancholia)이라고 정의했던 것과 비슷한 과정을 거치며 갈피를 잡지 못한다.

만일 인물들이 소란 피우는 장면을 만들 수 있는 능력이 있다면, 이야기 그 자체는 두서없이 흐르지 않을 것이다.

살벌하게 멋진 이야기 「론다 퍼거슨이 살해된 밤」을 예를 들어 보자. 제목에서 이미 죽음을 발표하고 있지만 론다 퍼거슨은 세 번째 페이지에 이르기까지 등장하지 않으며 그것도 잠깐 나올 뿐이다. 일단 제목으로 주의를 끌고 그 선정성은 일시에 사라져 버린다. 이야기의 진짜 주인공은 카산드라 루이스로, 다니고 있는 고등학교 건물 외부의 낮은 벽돌담에 앉아 있는 모습이 그녀가 처음 등장하는 장면이다. 그녀는 담배를 피우면서, 자신에게 모욕적인 말을 한 담임선생을 한방 먹일 계획을 세우고 있다. 카산드라의 별명은 '탱크'이며 외설스러운 말과 폭력 행위로 자신을 완전 무장하고 있다. 적절한 때에 그녀는 벽돌담을 떠나 복수를 하고 (그녀의 형부에게 허락도 없이 빌린) 차로 돌아간다. 여기서 그녀는 음반 계약을 맺으러 가는 가수이자 제목에 등장하는 인물인 론다와 우연히 마주치게 된다. 독자들은 그녀가 이야기와 살인의 중심인물이 될 것이라 지레짐작한다. 하지만 론다는 곧 무대 밖으로 사라지고, 두 명의 여자애들이 나타나 금전적 보상이 따르는 심부름을 제안할 때까지 카산드라는 라디오를 들으며 담배를 피운다. 카산드라는 달리 할 일도 없어 심부름을 하기로 한다.

이 시점에 한창 무르익었던 긴장감이 누그러들자 론다가 어떻게 죽임을 당할지 궁금한 독자들은 카산드라의 두서없는 행동이 제목이 알리는 죽음과 무슨 관계가 있을지 궁금해할 것이다. 사건과 사건 사이의 관계는 심부름이 끝날 때까지 잘 드러나지 않으며(크게는 이혼과 관계된 일이다), 차를 타고 파티에 가던 여자애들 가운데 한 명이 카산드라의 차가 털털거리더니 엔진 꺼지는 소리를 듣는다. 이어서 매력적인 젊은 남자 웨슬리가 차를 고쳐 주려고 등장하고 카산드라는 그에게 마음이 끌린다. 어쩌면 사랑이야기로 전개되려나 보다. 하지만 웨슬리와 카산드라가 서로 성적으로 끌려 시시덕거리고 있을 때 카산드라의 친구 멜라니가 블라우스가 찢어진 채 울면서 건물 밖으로 뛰쳐나온다. 그리고 젊은 남자가 '그것'이 무엇이든, 다 오해라고 주장하면서 멜라니를 쫓아온다.

거리에서의 성적인 모험은, 건물 내에서의 (잘못된) 성적인 모험으로 말미암아 갑절의 효과를 발한다.

여기서 카산드라는 두 장면 가운데 첫 번째 장면을 이끌고
간다. 이 장면은 이야기의 주제와 관련된 중요한 관심사를 묘
사하는 시작점이다. 그녀는 친구가 폭행을 당한 줄 알고 화를
낸다. 그리고 아무 책임이 없다고 부인하는 젊은 남자한테 덤
벼든다.

"너지, 이 개새끼야!" 카산드라는 그의 멱살을 잡고 쥐어틀었
다. "네놈이 내 친구를 강간하려고 했어?" 그 남자는 간신히
고개를 내저었다. 웨슬리가 카산드라의 팔을 잡아 붙들기 전
이었다. "아가씨, 제발 그만두지 그래. 내 사촌이야, 그 애는."
웨슬리가 말했다.
"이 새끼가 누군지는 내가 알 게 뭐야!" 카산드라가 말했다.
그녀가 버둥거리기 시작하자 웨슬리는 양팔을 붙잡고 더 힘
껏 죄자 그녀도 차분해졌다. 멜라니가 비명을 지르기 전에 그
의 눈빛이 무엇을 말하고 있었던지 간에 그것은 이제 사라지
고 없었으며, 카산드라는 그것을 되찾기 위해서라면 자신의
두 팔을 내밀 수도 있었을 것이다.

카산드라는 여성에 대한 남성 폭력을 목격했다고 생각한다.
하지만 실제 무슨 일이 있었는지는 확실하지 않다. 유사한 행
동은 서로 인접한 두 장소에 얼룩을 남긴다. 멜라니는 다시 카

산드라의 자동차를 타고 두 사람은 함께 떠난다. 이제 카산드라는 멜라니가 남자한테 미쳤다고 통렬하게 비난한다. 하지만 카산드라와 멜라니의 행동의 유사성은 너무나 우연히 발생된 일이라 우연히 발생된 일이 전혀 아닌 것처럼 느껴진다. 밖에서 카산드라는 한 청년, 웨슬리를 차지하려고 수작을 걸고, 건물 안에서 멜라니는 다른 청년을 차지하려고 수작을 걸다가 원하지 않는 구애의 대상이 되고 폭력의 시작으로 가장자리는 물든다. 카산드라가 경험한 그런 종류의 폭력이다. 눈치가 빠른 독자는 제목을 기억하고는 지금쯤 론다 퍼거슨은 무대 밖에서 갑작스러운 남성 폭력으로 살해당한다고 짐작할 것이다.

훔친 차를 운전하면서 카산드라는 끝도 없이 계속 남성광, 남성폭력에 대해 이야기한다. 하지만 듣는 사람은 없다. 하지만 누가 카산드라를 말리겠는가? 그녀가 집요하게 굴자 멜라니는 상대하지 않겠다며 차에서 내리겠다고 한다. 그러나 어찌어찌 상황은 진정되었다. 자신의 동네로 돌아온 카산드라는 론다가 실제로 ─ 아니나 다를까 자신의 남자친구에게 ─ 살해당했다는 소식을 듣게 된다. 마치 카산드라가 이런 일이 있으리라는 걸 예상한 것만 같았다. 그 일이 카산드라의 집과 그토록 가까운 곳에서 일어났다는 걸 알기도 전부터 이미. 이 시점에 카산드라의 허울은 허물어진다. 론다의 노래하는 목소리가 그녀를 뒤에서 받쳐주지 않고 일종의 정체성을 부여하지 않으면 카산드라는 목소리조차 낼 수 없다. 그리고 발언권을 잃은 그녀에게 성인다운 모습이라고는 없다. 카산드라가 친구 아니타의 집에 간 후, 그녀는 침실로 안내되어 눈이 없는 낡은 곰 인형이 있는 침대에 앉는다.

한편 거실에서는 아니타의 아버지와 오빠가 체스를 두는데, 좀처럼 이기는 법이 없는 오빠가 이기자 환성을 지르고 있다. 그동안 침실에서 "아니타는 한 손으로 침대 기둥을 끌어앉은 채 침대발치에 서서 카산드라를 보고 있다". 방 안에서 오직 빅벤 모양의 시계 소리만 들린다. 작가는 독자들에게 정확한 시각적·청각적 풍경을 보여 주려 매우 공을 들인다. 정확히 인물들이 있는 장소가 어디이며 그들이 무엇을 듣고 있는지, 그래서 다음에 무슨 일이 일어날지 가능한 한 확실히 알 수 있도록 한다.

이제 카산드라의 두 번째 장면이다. 하지만 그것은 억제되어 있고 거의 소리를 내지 않는다. 그녀가 말하는 것은 오직 하나밖에 없는 소망의 표현이다. "집에 가야… 난 집에 가야 해." 카산드라는 곰 인형이 앉아 있는 아니타의 침대에서 말하고 있다. 소설은 카산드라가 실제 집이 없는 것처럼 "집"이라는 말을 생전처음 내뱉는 듯한 어조로 말한다고 묘사한다. 소설 도입부에서 그녀의 부모는 죽었다고 확실히 말하고 있으며, 그녀의 선생도 카산드라는 "가정이 없이 이리저리 옮겨 다닌다"고 말한다. 그녀에게는 진정한 가정이 없다. 아니타와 그녀의 어머니는 아이를 다루는 것처럼 카산드라의 옷을 벗겨주고, 또 아니타는 밤에 카산드라가 잠들 수 있게 노래를 불러준다. 자신과 자신의 친구를 위한 자장가 같은 것으로 아니타의 목소리는 "그녀가 미처 이해하지 못했던 모든 것을 밀어낸다".

이 이야기는 그 시대의 다른 모든 이야기처럼 아주 치밀하게 구성되어 있으며 복잡하게 양식화되어 있다. 하지만 차분하면서도 힘찬 적확함은 오직 이야기를 전체적으로 볼 때만 분명히 보인다. 사건을 아주 가까운 데서 보면 일정한 질서가 없어 갈피를 잡을 수 없으며 독자들이 오로지 전체적인 맥락에서 볼 때만 세부사항이 이해가 된다. 이는 시야가 가려져 보이지 않던 그림의 부분이 갤러리의 중간쯤에 와서 전부 다 보이는 것과 같다. 카산드라의 장면은 모두 폭력과 상처받기 쉬운 영혼에 관해 말하고 있으며, 그녀를 보호하고 있던 갑옷을 벗으면 그녀는 단지 아이에 불과하다.

카산드라의 감정이 끓어오르지 않는다면 독자들은 소설의 핵심이 무엇인지 알기 어려울 것이다. 그렇기는 하지만 카산드라는 하루 만에 싸우기 좋아하는 성인에서 아이가 되었고 그 과정은 모두 무시되었다. 하지만 당신은 그녀가 어떻게 과거로 되돌아가는지 보지 않았다고 말할 수 없다. 또 그녀가 장면을 만들어 내는 혹은 소란을 피우는 역량을 보고도 당신이 그것을 몰랐다고 말할 수는 없다.

　[앤드루 코언과 라타우 레채로엔잡(Rattawut Lapcharoensap)
에게 감사의 인사를 전한다.]

6. 얼굴의 상실

지금까지 나는 어떻게 서브텍스트가 몸짓, 말하기, 대화의 쉼, 장면 만들기라는 아주 구체적 묘사를 통해서 넌지시 암시될 수 있는지 이야기했다. 마지막으로 나는 일상에서 영혼이 모습을 드러내는 방법으로 끝내려 한다.

우리 동네 반대편에는 미니애폴리스 미술관이 있다. 전시되어 있는 다양한 작품들 가운데에는 프란시스코 고야가 1820년에 완성한 「고야와 의사 아리에타」가 있다. 이 작품을 그렸을 때 그는 나이가 많았고 아리에타의 치료와 보살핌으로 병이 나은 지 얼마 되지 않았다. 그는 그림 아래쪽에 감사의 인사를 적어 놓았는데, 그 뜻을 옮기자면 이렇다.

"고야는 그의 친구 아리에타에게 감사한다. 아리에타는 1819년이 끝나갈 즈음 고야가 일흔 세 살의 나이로 중병에 걸려 고통을 당하고 있을 때 전문가다운 보살핌으로 그의 목숨을 구했다. 이 그림은 1820년에 그려졌다."

의사 아리에타는 침대 옆에 고야의 오른편에 있다. 고야가 마실 물 혹은 약이 든 컵을 들고 있으며 고야를 부축하고 있다. 의사의 얼굴은 마치 어둠속에서 나오는 것처럼 환하게 빛나고, 또한 전문가다운 관용과 절도가 엿보인다. 그의 시선은 아래를 향하고 있지만 고야를 보는 것은 아니며 — 의사로서 이미 모든 것을 보았다 — 지력과 강인함은 얼굴에 드러난다. 이 모습은 환자인 고야와 대비된다. 고통에 겨워 눈을 감고 있으며(화가 자신이 눈을 감고 있는 모습을 그리고 있으며 이는 아주 불안한 인상을 준다), 한쪽 얼굴은 그늘에 드리워져 마치 어둠이 그를 갉아먹고 있는 듯 보인다. 입은 반쯤 벌어졌고 이불은 조금 더러워 보인다. 왼손은 이불을 힘껏 붙들어 잡으며 죽어 가는 사람 특유의 동작을 취하고 있다. 화가는 질병 때문에 영웅과는 거리가 먼, 인생의 뒤안길로 사라지는 자신의 모습을 극단적으로 그리고 있다.

여기까지는 그림 앞쪽에 보이는 풍경이다. 한편, 그림 뒤쪽에는 아주 어렴풋하게 화가의 주관적 세계가 그 모습을 드러내

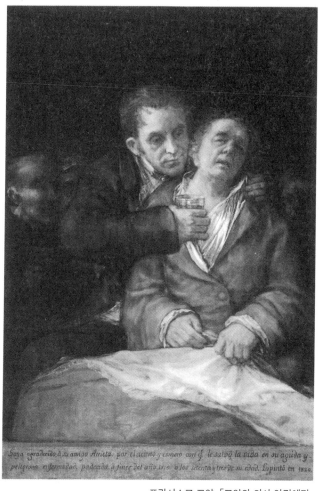

Goya agradecido á su amigo Arrieta: por el acierto y esmero con q.ᵉ le salvó la vida en su aguda y peligrosa enfermedad, padecida á fines del año 1819, á los setenta y tres de su edad. Lo pintó en 1820.

프란시스코 고야, 「고야와 의사 아리에타」

고 있으며, 그것은 고야가 병상에 있을 때 그를 집요하게 괴롭혔던 세 명의 악령이다. 미술관 작품 안내서에는 이러한 악령의 이미지는 1788년 이후 고야의 작품에서 독특한 특징이 되었다고 설명한다. 악령 없이는 고야도 없다. 그림을 감상하는 사람들은 이 배경이 없이는 전경을 볼 수 없으며, 이것은 안 보이는 듯 보이는 것을 제외하고 보는 것과 다름없으며, 그림자 없는 빛이나 다름없다. 이 같이 힘든 상황에서 아리에타는 자신의 관심을 고야에게 기울일 뿐만 아니라 더 추상적으로 말하면 광명을 던지고 있으며, 이것 없이는 그 어떤 화가라도 무력할 수밖에 없다. 그는 징벌의 화신과 같은 악령들을 등지고 서서 그들의 사악함에 일종의 방패막이를 하고 있다.

내가 고야의 작품을 언급하는 단 하나의 이유는, 요점만 말하자면 이 작품에 대해 생각할 수밖에 없었기 때문이다. 몇 달 전 어느 학회에서 제자가 쓴 소설의 특정한 장면에 대해 이야기하면서 문학의 전개와 화가 특유의 인물 묘사에 대해 생각하게 되었다. 제자가 썼던 그 장면에는 두 명의 등장인물이 나온다. 여자가 나쁜 소식을 남자에게 전하는 장면이었다. 나는 무심코 남자가 어떻게 생겼는지 잘 모르겠다고, 또 그가 어떻게 반응할지 알고 싶다고 말했다. 어쩌면 남자의 얼굴 표정을 묘사하는 것이 어떻겠냐고 제안했던 모양이다.

"그건 어려울 것 같아요." 제자는 망설이다 말했지만 단호한 어조였다.

"어째서 안 되지?" 내가 물었다.

사려가 깊은 성격이었던 제자는 설명을 하려고 뜸을 들였다. 그는 어떤 장애물 앞에 서있는 것 같았다. 마침내 그가 말했다. "너무 어려워요." 나는 그것은 참된 변명이 될 수 없다고 말하려는 참이었다. 글쓰기 자체가 사람들을 아주 어려운 문제에 부닥치게 하는 것은 당연하고 또 그렇기 때문에 해낼 수밖에 없다고. 내 생각은 제자가 끼어드는 바람에 중단되었다. "게다가 요즈음 그렇게 하는 사람도 없고요."

그렇군, 나는 그것 참 흥미롭다고 생각했다. **우리의 통념이 우리를 저버린다.** 그 어떤 예술이라도 그것을 익힐 때, 예술가들이 이따금 소홀히 하거나 싫어해서 혹은 자신들의 창의적 상상력에 집중하는 능력이 부족해서 어떻게 하는지 잊어버리는 과정과 연습이 있기 마련이다. 내 제자는 자신의 동기들이 모두 얼굴 표정을 어떻게 묘사하는지 잊었다고 말하는 것 같았다. 그렇지 않다면 얼굴을 묘사할 때의 문제점 때문에 성가신 일이 된 것이다. 어쨌든 무엇인가는 중단되었다. 시대의 경향에 맞지 않는 것이다. 얼굴 표정 묘사라는 특정한 기술은 그 목록에서 배제되었다. 만일 그것이 실제로 소설가의 기량 목록에서 사라졌다면, 우리는 의식과 소설의 역사에서 꽤 흥미로운 국면에 접어든 것이다.

읽기를 배우기 전에 대부분의 사람들은 엄마 얼굴이나 주로 보살펴 주는 사람의 얼굴부터 시작해서 얼굴 읽는 법을 배운다. 대부분 유아교육 연구에서는 아기가 16주가 되면 미소 짓는 상대에게 미소로 응답할 수 있다고 가정한다. 28주가 되면 대부분의 유아는 타인의 얼굴 표정을 알아차리며, 미소에는 미소로, 찌푸림에는 찌푸림으로 답한다고 한다. 32주가 되면 낯선 사람을 보고 곧잘 울음을 터뜨리기도 한다.

조금 나이가 든 아이들에게, 얼굴을 읽는 능력은 원초적 생존기술일 것이다. 특히 불안정한 환경에서 어른이 화를 내는지 무관심한지를 읽어내는 아이는, 따뜻한 음식을 기대할지 아니면 매 맞기가 기다리고 있을지 알 수 있다. 불안정한 가정일수록 아이는 위기를 모면하기 위해 얼굴 표정과 몸짓을 읽는 기술이 더 필요할 수도 있다. 물론 대부분의 사람들은 이 같은 기술을 버리지 않는다. 친목 모임이나 회의를 할 때, 사랑하고 연애할 때, 또 분쟁이 생길 때 우리는 보통 상대방의 표정을 유심히 살핀다. 중요한 것은 그 안에 다 있다. 낯선 장소에서 낯선 사람들 틈에 있을 때, 당신은 사람들의 성격과 구성원의 특징을 찾아내려는 목적으로 얼굴, 표정, 몸짓을 읽었던 예전의 습관을 되짚어 볼 수 있을 것이다. 그래서 그 상황을 무사히 넘길 수 있게 말이다. 그렇게 하려면 얼굴 표정부터 봐야 한다. 어떤 때는 그것이 당신이 필요한 전부일 때도 있다.

사람의 성격이 얼굴에 드러난다는 관념은 다소 묘하고도 긴 역사를 갖고 있다. 이는 고대 그리스에서 문예 부흥기에 이르기까지 하나의 관념으로, 늘 토론의 주제가 되어 왔다. 사람의 얼굴을 쳐다볼 때, 우리는 그 사람의 성격을 보고 있다고 생각하는 걸까? 19세기 말에서 20세기 초반까지 대다수의 사람들은 그렇게 생각했다. 하지만 이 같은 생각은, 얼굴의 아름다움이나 추함을 해결해야 할 과제로 만들었다. 얼굴이 아름다운 사람이 영혼이나 성격까지 늘 아름다운 것은 아니라고 우리의 분별력이 말해주기 때문이었다. 그럼에도 불구하고 아름다운 사람을 바라볼 때 우리는 분별력을 잃고, 그 사람이 갖추고 있지 않은 고귀함이나 깊이를 부여할 때가 있다. 1588년 몽테뉴는 그의 에세이 「인상에 대하여」("Of Physiognomy")에서 자연의 섭리는 종종 고귀한 사람들에게 추한 모습을 부여하여 부당한 대우를 한다고 썼다. 그렇기는 하지만 아름다운 영혼은 자세히 계속 바라보기만 한다면 대개 모습을 드러낸다고 말한다. 몽테뉴는 "아름다운 사람이 지휘권을 갖는다"는 아리스토텔레스의 말을 인용한다. 하지만 이 상황이 언제나 맞는 것은 아니라고 덧붙인다. 그리고 꾸밈없는 얼굴과 친절한 얼굴, 엄격한 얼굴과 거친 얼굴처럼, 얼굴을 구별할 수 있는 요령도 있다고 말한다.

나아가 몽테뉴는 그 어떤 경우에도 우리는 허영심을 버리고 동시에 표현을 할 때 꾸밈이 없어야 한다고 말한다. 정직은 최선의 수비이다. 타인을 무장해제시키기 때문이다. 몽테뉴는 "내 얼굴이 나를 구했다"고 말한 적이 있는데, 있는 그대로의 모습이 적어도 한 번 이상 그를 위험에서 구했다는 뜻이다. 순수한 영혼은 얼굴과 행동에 드러날 것이다. 그는 꾸미기와 가면 쓰기는 반드시 사라지며, 뜻하지 않는 무력한 상황에서 당신의 얼굴은 본색을 드러낼 것이라 말한다. 그러므로 쉽고, 정직하고, 꾸밈이 없이 말하고 행동하는 편이 차라리 낫지 않느냐고 제안한다.

몽테뉴의 고민거리는 인간관계에서 넓게 퍼져 있는 사회적 가면 쓰기였다. 그것은 그의 인문주의 양식에 문제가 되었다. 몽테뉴의 시대에서 거의 300년이 지난 뒤, 월트 휘트먼은 『민주주의의 전망』에서 남북 전쟁 이후 미국이 농경사회에서 공업 경제로 넘어가는 시기에 도시에서 일어났던 상거래는 그 안에 종사하는 계층의 부자연스럽고 위선적인 태도를 널리 퍼뜨리며 사기꾼, 협잡꾼, 매춘부가 판을 치게 되었다고 썼다. 이 같은 변화는 특히 사회 활동에서 두드러졌다. 모든 일은 계약을 근거로 행해졌다고 휘트먼은 지적한다. 인생은 극장의 무대가 되었고 어디를 가나 배우들이 있었다. 왜 이렇게 되었을까? 휘트먼은 상거래 환경에서 신뢰는 늘 위험에 처하게 되며, 또 꾸밈없음은 가식으로 대체된다고 강력히 주장한다. 꾸밈없는 사람은 손해를 보기 때문이다. 거액의 금전이 오가는 상황은 항상 진심의 무게를 약화시킨다. 부유한 사람들은 울타리를 치고 가면을 써 자신들의 표정을 내비치지 않으면서 경계한다. 그 결과 미국 사회는 가짜 특권 계급, 가식적인 미소, 허위적인 기교로 고유한 모조품을 양산해 냈다. 휘트먼은 이 같은 환경에서 이러한 기교는 "복잡하고, 비정상적이며, 그것이 주는 기쁨은 병적이다"라고 말한다. '파멸과 상심'을 물리치기 위한 방법으로 휘트먼은 '마음에서 우러나는 단순함'(cheerful simplicity)을 촉구하지만, 구체적으로 언급하지는 않는다. 어떤 특정한 형태의 순수성은 이미 사라졌고 영원히 우리는 그것을 잃었지만, 그럼에도 휘트먼은 여전히 기억하고 불러낸다. 그렇게 하면 마치 되돌릴 수 있기라도 한 듯이.

"파멸의 원인을 따져 밝히는 구약 성서의 예언자들처럼, 도처에 지나치게 선정적이고, 불건전해 보이는 남성과 여성들이, 분을 칠하고, 덧대고, 꾸미고, 염색하고, 머리는 쪽을 져 장식하고, 애매한 표정과 적의를 표한다…"

그러나 휘트먼은 MTV나 패션 관련 채널을 시청한 적이 없다. 그가 본 것은 대중사회에서 사업에 종사하는 이들의 가면 쓰기였다. 이 같은 형태의 문화에서 사기와 기만, 특히 기만적인 매력에 관한 문학작품이 생겨나지 않을 수 없다. 과거에는 『사기꾼』, 『허클베리 핀의 모험』, 『메뚜기의 하루』, 『위대한 개츠비』가 있었고, 이후로 오면 가끔 탈-인간주의자(post-humanist)로 불리는 시대, 그리고 내가 제안할 탈-표정(post-face)의 시대가 있다.

이 시점에 특히 TV, 영화, 잡지에서 얼굴이 기계적으로 재생산되고, 상품화되고, 사회적으로 짜 맞춰지는 문화에서 우리는 무엇이 위기에 처해 있으며 그것을 어떻게 정의할지에 답해야 한다. 사람들은 '마음에서 우러나는 단순함'이 코트니 러브의 얼굴에 명확히 드러날 것이라고 기대하지도, 또 드러난다 하더라도 좋아하지도 않을 것이다. '단순함'은 대통령의 얼굴에 나타날 수는 있겠지만, 이는 냉소와 경멸이 뒤섞인 문제로 지금 다루는 주제에서는 벗어난다. 가면을 쓴 배우들은 그 어떤 경우에도 현혹할 만한 외모를 선보이고, 구경꾼인 우리는 포스트모더니즘적 무기라 할 수 있는 지식과 관련한 회의론, 아이러니, 냉소, 농담을 이해하는 능력, 우발적인 소망을 내보이며 어차피 거기에는 아무 핵심이 없다는 사실을 알면서 거기에 휩쓸려 간다. 지금은 비어 있는 "진정성"이라는 자리에 완전한 인위성이 자리를 차지하는 커다란 변화가 있지 않는 한, 우리는 신념에 대해 아무런 행동을 취하지 않음으로써 바보처럼 당하는 상황을 모면한다.

내가 다루고 있는 주제는 너무 넓고 논쟁적으로 흐를 수 있어서 분별 있게 다루어야 할 것이다. 얼굴 표정에 관한 문제는 인본주의에 관한 문제이며, 또 조작이 쉬운 기계적 재생산이 우위를 점하고 있는 대중사회에서 그것으로 무엇을 할 것인가의 문제이다. 늘 그랬던 것처럼 일상에서 사람들은 타인의 표정을 자세히 살핀다. 사실 삶은 얼굴이 알려주는 정보로 가득차 있으며, 피상적인 정치적 영역부터 시작해 그 정보가 너무 많을 때도 있다. 문학과 그 외의 영역에서 어떤 방법으로 얼굴을 표현해 나갈 수 있을까? 그리고 그 같은 정보는 어떻게 나타낼까? **누구의** 얼굴을 이야기 속에 넣어야 하며, 누구의 얼굴을 우리는 읽을 수 있을까? 어떤 얼굴은 자주 보지만, 전혀 보지 못하는 얼굴도 있다. 우리는 거의 매일 특정한 공인을 볼 수 있고 심지어 보도록 강요당할 때도 있다. 하지만 가진 것이 없는 사람들, 기득권을 빼앗긴 사람들, 좌절한 사람들이라고 말할 수 있는 많은 사람들의 얼굴을 보도록 특별히 장려하지는 않는다. 그들의 얼굴을 우리가 전혀 보고 싶어 하지 않을 때도 있다. 그들이 절박함을 알아보기 때문이다. 이 경우에 문학의 문제는 곧 정치의 문제가 된다.

얼굴을 살펴볼 때, 우리는 무엇을 보는 것일까? 첫째, 이미 알아본 것처럼 사람의 성격에 대한 실마리를 찾으려 하는 것이다. 사람의 기본적 특성을 얼굴에서 볼 수 있다는 생각은 눈에 띄는 것 몇몇을 제외하고는 동시대 미국 소설에서 찾아보기 어렵다. 우리는 광범위하고 암묵적인 사회의 합의로서, 관상을 보고 성격을 알 수 있다는 생각을 버렸다. 하지만 속으로는 여전히 그렇게 할 수 있다고 믿고 있다.

휘트먼이 예언했듯이 이러한 현상은 어째서 도처에 존재하는 배우들에 의해 더 악화되는 걸까? 내가 "유명한 얼굴"이라고 말하면 당신은 험프리 보가트, 그레타 가르보, 오드리 헵번, 게리 쿠퍼, 혹은 캐리 그란트를 떠올릴지도 모른다. TV에 나오는 정치인들을 생각할 수도 있을 것이다. 다르게 말하면, 얼굴 묘사는 초상화법이 사진촬영에 의해 강탈되었듯, 영화나 TV에서 부정하게 사용되었다. 이들은 대개 배우들이다. 영화나 TV에서 보게 되는 얼굴 대부분은 역할 연기를 하는 사람들이다. 이렇게 볼 때 아름다움은 마케팅이나 배우 노릇으로 오염되었다. 다른 많은 상황에서처럼 이 경우, 얼굴은 비즈니스에서 중요한 자원을 축적하는 하나의 무기로 가장 나쁘게 쓰일 때는 어리숙한 사람들을 속이는 것이 된다. 일상에서 가면을 쓴다는 생각은 이제 너무 익숙해서 우리는 아무런 문제를 제기하지 않는다. 정치인들은 당연히 거짓 웃음을 짓는다. 그렇지 않다 말할 사람이 누가 있을까?

사람의 외모에 근거해 성격을 알아내려는 노력을 버린 또 다른 이유는 인종차별주의와 장애학의 역사가 이와 관련한 지식

이론 연구 전체가 잘못되었다고 입증했기 때문이다. 요즘은 누구든 타인의 겉모습으로 성격을 판단하는 사람을 비판하는 것이 정당하다. 어찌되었건 사람은 첫 인상이 전부가 아니다. 외양을 보고 사람의 성격을 추측하는 행위는 가난하거나, 못생기거나, 장애가 있거나, 혹은 제대로 혜택을 받지 못하는 사람들의 우위에 서려는 사람들과 인종차별주의자들의 상투적인 오락거리에 불과하다.

하지만 새로운 인물이 책에 소개될 때 습관적으로 어렴풋하게라도 독자들은 그 사람이 어떻게 생겼는지 알아야 한다. 예를 들어 찰스 디킨스는 즉시 이야기한다. 디킨스는 인물을 묘사하기 전에 거울을 보고 인물을 연습했다. 하지만 지금, 21세기의 우리는 얼굴보다 의복이나 몸짓에 더 흥미를 보이고 있는 것 같다. 우리는 얼굴 묘사를 근거로 일반화하는 데 극도의 의심을 나타낸다. 아름다운지 아닌지에 관해서는 특히 그렇다. 사실 우리는 매력에 관한 어떤 언급에 대해서도 미심쩍어하는 것 같다. 누가 이 같은 주장을 하는 것일까? 달리 표현하면, 우리는 매력적인 것을 보고자 하는 우리의 열망에 대해 미심쩍어한다. 아름다움 혹은 조화로움에 대한 모든 주장은 똑같이 미심쩍다. 모든 관찰 행위는 외설적이고 상업적인 관심에서 비롯될 수도 있기 때문이다. 이렇게 하여 흘끗 보는 행위는 모두 기대와는 반대로 모순적이 된다. 대개 독자들은 얼굴이나 신체적 특징을 장황하게 소개하는 데 짜증을 낸다. 하지만 연애소설, 역사소설, 탐정소설, 외설문학과 같이 그러한 묘사가 여전히 주를 이루는 대중 장르소설은 제외된다. 자기 방어의 기술인 아이러니는 주류 소설을 읽는 동시대의 독자들 사이에서 거의 항상 진실성을 이긴다.

관상학과 연예인에 근거해 내리는 결론은 이제 그럴듯해 보이지 않지만, 소름끼치는 관음증이라는 부차적인 특질을 남겼다. 토마스 하디의 소설을 읽으며 자란 사람들마저도 1878년에 출판된 그의 소설 『귀향』에서 토마신에 대해 묘사하는 첫머리를 보면 조금 민망한 기분이 들 것이다.

아름답고, 사랑스럽고, 신뢰할 수 있는 시골풍의 얼굴이 곱실거리는 밤나무 빛깔의 머리칼 사이에서 모습을 드러내고 있었다. 그것은 예쁘장한 것과 아름다운 것을 섞어 놓은 듯했다. 눈은 감고 있었지만 주위에 빛을 발산하는 솜씨의 절정으로 틀림없이 빛이 그 안에서 환하게 빛나고 있음을 쉽게 상상할 수 있었다. 얼굴의 밑바탕에는 희망이 깔려 있지만 그 위는 이제 옅은 불안과 고뇌의 그림자가 이질적인 물질처럼 깔렸다. 고뇌는 잠깐 스쳐지나가서 빛에서 아무것도 앗아가지 못하고 언젠가는 닳아 없어질 그 밑바탕에 위엄을 가져다 주었다. 주홍빛 입술은 원래의 모습을 간직하고 있었으며, 이

웃에 있는 뺨의 일시적인 빛깔의 부재로 지금은 더 한층 강렬해 보인다. 입술은 뭐라고 중얼거리고 있었다. 그녀는 리듬과 조화로 봐야 하는 마드리갈[소곡]을 부르고 있는 듯 보였다. 적어도 한 가지는 명백했다. 그녀를 이런 식으로 보아서는 안 된다는 것이었다.

이 묘사의 진행 방식은 이상하다. 디고리 벤과 토마신의 어머니는 잠을 자고 있는 토마신을 보고 있다. 하지만 제3의 인물 즉, 작가도 이 방에 있는 것 같은 느낌을 주는데, 부유하는 그의 지각(知覺)이 문장의 내용을 구성한다. 신뢰할 만한 염탐꾼이 주인공 근처에 서서 그녀에 대해 말하고 있는 것 같다. 소설의 몇 챕터 뒤에서 유스테시아 바이가 등장하자 화자는 그녀가 "신성함의 소재"라고 말하며 얼굴에 관한 묘사만 세 장에 걸쳐 계속된다. 이것은 대담하면서도 고전적인 서술방식이다. 18세기 영국 소설의 화자들처럼, 하디는 작가로서 자신이 믿고 있는 바를 물려주거나 자신이 소설의 무대에 암시적으로 존재하는 것을 두려워하지 않는다. 토마신에 대한 묘사는 특별히 눈에 띄는데, 독자들로서는 구체화할 수 없는 그녀에 대한 정서적인 입장을 밝히고 있기 때문이다. 소설에서 그녀는 아무 행위도 하지 않은 상태이며, 효과적이고 냉정한 묘사 ── 그녀는 자고 있고 자신을 보호할 수 없다 ── 로 인해 그녀를 응시하며 머물고 있는 눈길에 대한 불편한 느낌은 배가된다.

서술의 형식 면에 있어 이것이 바로 우리가 잃어버린 세계이다. 하지만 독자의 한 사람으로 나 자신도 이 같은 상황에 책임이 있다. 이 장면에서 우리가 들이마시는 공기는 케케묵은 박물관 내부 같은 성질이 있다. 하지만 사실 나는 인물을 대담하게 묘사하는 데 여전히 존경을 표하며, 역사적인 측면이 결여된 상태에서 그것을 바로잡으려는 마음은 없다. 하지만 이제 특정 인물을 이 같은 방식으로 묘사하는 주류 작가들은 거의 없을 것이다. 이러한 해설 방식은 의심을 유발하거나 비아냥거림을 불러일으킬 것이기 때문이다.

하디가 과도하게 묘사하던 방식은, 심지어 그의 시대에도 헨리 제임스에게 개인적으로 혹평을 들었다. 헨리 제임스는 등장인물의 얼굴을 소개하는 부분에서 훨씬 신중하게 묘사한다. 그는 『여인의 초상』에서 이사벨 아처가 처음 등장할 때, 발치에서 개가 짖고 있는 가운데 한 줄로 이렇게 말하고 있다.

"…번치의 새로운 친구는 검은 드레스를 입은 키가 큰 여자로 언뜻 봐서 예쁜 것 같았다."

이것이 전부다. 더 긴 묘사를 들으려면 독자들은 기다릴 수밖에 없다. 헨리 제임스의 소설에서 독자들은 첫 인상으로 인물의 전부를 알 수 없다. 우리 삶이 그러하듯 말이다. 부수적인 인물만이 길고 세세하게 소개된다. 예를 들어 미국인의 관상을 가졌고 "만족스러운 기민함"을 나타내고 있다고 묘사되는 위버튼 경이 있다.* 아직까지 우리는 괴상하고 기괴한 부분에 다다르지는 않았지만, 천천히 그 방향으로 가는 중이다.

1920년 혹은 1930년대 즈음에 관상학을 이용한 영미 문학(Anglo-American fiction)의 인물 분석은 몇 가지를 제외하고는 끝이 났으며 기괴한 인물 묘사는 그 가운데 하나이다. 이디스 워튼, 윌리엄 포크너, 너대니얼 웨스트(Nathanael West), 리처드 라이트(Richard Wright), 플래너리 오코너는 종종 추한 외모를 가진 인물의 얼굴을 정직하고 상세히 묘사했다. 영국 소설에는 관상으로 인물의 성격을 엿볼 수 있다는 믿음이 완전히 사라지지 않았는데, 아이리스 머독과 앤서니 파웰(Anthony Powell)이 이 전통을 계승했다. 추측건대 이는 계급에 대해 오랫동안 지속되어 온 가설과 관련이 있을지도 모른다. 하지만 미국에서는 인물이 어떤 표정을 짓기 전, 그 표정보다도 그의 기괴한 얼굴이 가장 표현력이 풍부하다고 믿는 듯하다.

할리우드에서 음악의 선율이 영화음악과 결부되는 방식으로, 역시 '아름다움'은 할리우드에서 교묘한 책략 혹은 기술과 결부되기 시작했다. 『위대한 개츠비』에서 데이지 부캐넌은 아

---

* 저자는 워버튼 경이라고 적고 있지만, 『여인의 초상』 작품 내에서 미국적인 얼굴에 "자신의 영민함에 만족하는 태도"를 가진 사람은 워버튼 경이 아니라 다니엘 터쳇이다.

름답지만 거짓으로 꾸민 듯한 면이 있는 반면, 눈이 움푹 꺼지고 추한 윌슨은 절대적으로 '진짜'이다. 흉측하게 못생긴 얼굴은 자연 발생적이며 진실됨과 연관되기 시작하는데, 이런 부류의 끝판왕으로 제작된 영화가 바로 「엘리펀트 맨」이다. 더구나 기괴한 얼굴은 독자들의 모순에 저항하므로 그 추함은 '정반대'에 대한 끝나지 않는 모순적 해설로 작용한다. 즉, 못 견딜 정도로 비현실적이거나 차마 손도 대지 못할 정도로 아름답거나. 소설에서 이러한 기괴한 존재들은 대체로 '지켜보는 사람들'이다. 그들은 강박적으로 타인을 주시하고 또 게걸스럽게 본다. 윌리엄 포크너의 1931년 작품 『성역』 속 포파이는 남부 고딕 문학에 있어 '반(反) 장식적 얼굴'의 기준과도 같은 인물이다. 포크너의 작품에서 '자기혐오'로 정의되는 다수의 인물들처럼 그는 응시한다. 마치 자신이 소설 장면을 주의 깊게 묘사하는 소설가인 양, 그러한 노력을 하다 죽었으나 좀비와 같은 상태로 계속 살아 있는 것처럼 바라본다. "여명의 고요함에 대비하여 전등 빛을 받고 있는 듯 그의 얼굴은 이상야릇하게 핏기가 없었고, 모자를 삐딱하게 쓰고 두 손을 허리에 올린 채 으쓱거리는 그에게는 밟아 짓이겨진 양철같이, 깊이를 알 수 없는 잔인함이 서려 있었다." 그리고 두 단락이 지나서 이렇게 묘사되어 있다. "우물 맞은편에서 포파이는 두 덩이의 말랑거리는 검은색 고무로 생각을 하고 있는 듯 보였다."

고무처럼 되어 버린 눈알과 산업화된 얼굴의 포파이의 모습은 플래너리 오코너의 소설 『현명한 피』의 시작부에서 기차에 앉아 있는 헤이즐 모츠를 묘사하는 부분과 크게 다르지 않다. 헤이즐의 눈은 "피칸 껍질 같은 색깔로 움푹 꺼져 있었다. … 코는 때까치의 부리 같았고… 머리털은 평생 머리에 착 들러붙어 있었던 듯… [두 눈은] 너무 깊이 박혀 있어서… 어디론가 이끄는 통로처럼 보였다". 결과적으로 헤이즐 모츠의 얼굴은 읽기 어렵다. 그마저도 읽을 수 있다면 말이다. 소설 속에서 그 어떤 등장인물도 그의 얼굴을 읽어 내거나 이해할 수 없다. 소설 끝에서, 영적 훈련의 일환으로 잿물에 의해 헤이즐의 시력이 제거되었을 때에도, 여주인인 플러드 부인은 그가 죽어서 안전하기에 그의 얼굴이나 눈은 그에 대해 무엇인가 말할지도 모른다며 계속 알아내려고 한다. 하지만 — 오코너는 이 부분을 강조하고 있는 것 같다 — 그의 영적인 개인공간 속에서 헤이즐 모츠는 지구상 그 누구도 읽을 수 없는 인물이며, 그의 눈은 여전히 플러드 부인이 접근할 수 없는 어두운 터널이다.

솔 벨로는 찰스 디킨스와 헨리 필딩이 작품에서 상세한 인물을 묘사하던 전통을 그대로 이어받고 있는 작가이다. 나는 이를 영미 소설의 '정체성 주제'(identity theme)라 부른다. 책 제목을 주인공 이름에서 따온 다수의 영미 소설처럼—톰 존스, 몰

플랜더스, 엠마, 제인 에어, 데이비드 코퍼필드——솔 벨로의 소설 제목도 종종 허조그, 오기 마치, 라벨스타인, 혹은 새뮬러 씨와 같은 인물들의 이름이 된다. 그리고 이 인물의 복합적인 특징들은 소설에서 상세하게 극화된다. 디킨스가 그랬듯이 벨로역시 비중이 없는 인물에 대해서는 간단히만 설명하고 넘어간다. 유사한 유형의 미국 소설가 싱클레어 루이스의 작품처럼 가끔 풍자적으로 그릴 때도 있지만 벨로는 대체로 거기까지 가지는 않는다. 중심인물에 대해 이야기할 때 벨로는 의복을 포함해서 아주 상세하게 묘사한다. 그는 인물을 그저 유심히, 충분히 살피기만 한다면 어떤 사람인지 구별할 수 있다는 가정을 고수하는 것이다. 신중히 보지 않는다면 가면 뒤에 감춰진 인물에 대해 결코 알 수 없다.

다음은 『허조그』의 밸런타인 거스배치에 대한 내용이다.

밸런타인은 멋쟁이였다. 얼굴선이 굵고 턱은 단단해서 모지스는 그가 히틀러의 피아니스트 푸치 한프슈탱글과 조금 닮았다고 생각했다. 하지만 머리털이 붉은 사람치고 밸런타인거스배치의 두 눈은 대단히 근사했다. 갈색 빛이 도는 깊고 열정적인 눈은 생기가 넘쳐 보였다. 기운찬 긴 속눈썹도 불그스름한 검은색으로 아이의 것 같았다. 또 머리털도 곰처럼 숱이 많았다. 더군다나 밸런타인은 자신의 겉모습에 대해 묘하게 자신만만했다. 누구나 그 사실을 알 수 있었다. 그는 자신이 굉장한 미남이라고 생각했다. 그는 여자들이—모든 여자들이—당연히 자신에게 반할 것이라고 생각했다.

제임스 아틀라스가 쓴 평전 『솔 벨로』를 통해 알 수 있듯이 현실에서 솔 벨로의 인물 묘사의 피해자가 된 사람들은 소설 속 인물들에서 자신들의 모습을 찾아내려 안간힘을 썼지만, 그런 것엔 별 관심이 없는 관찰자들은 종종 그 정확성에 대해 언급했다. 벨로의 인물들은 착한지 나쁜지 늘 얼굴에 드러나기 때문에 예민한 독자들은 매번 가면이 벗겨지는 상황을 자세히 관찰한다. 그의 작품에는 다른 사람을 주시하지 않으면 **안 될 것 같은** 느낌을 주는, 포식자와도 같은 응시가 있다. 벨로의 소설은 사기꾼과 지적인 악한으로 가득해, 기선을 제압하기 위해서는 이들을 자세히 살펴야 한다. 그렇지 않다면, 그들이 당신을 먹잇감으로 삼고 말 것이다.

벨로의 작품을 읽는 독자들은 달가워 보이지 않는 인물에 대해 이의를 제기하는 경우가 있으며 과거의 인물인 경우에도 그렇다. 예를 들어 『훔볼트의 선물』의 화자인 찰리 시트린은 한 여자에 대해 이렇게 말한다. "그녀의 눈은 그녀가 아주 많은 남자들과 잠자리를 했다고 말해 주지요." 벨로의 화자들은 종종 이런 식의 언급을 한다. 그것도 [관찰에 따른 묘사가 아니라] 순전히 말로만 하는 식이다. 이 시점에서 독자는 시트린이 과연 믿을 만한 화자인가 의구심이 들 것이고, 그 의심은 타당하다. 벨로의 소설은 주요 인물들을 구성해 가는 과정에서 이를 극복한다. 그들은 체제의 일부분이지만 그에 압도되지는 않으며, 아직 차이를 만들어 낼 수 있는 인물들이다. 벨로의 소설에서 얼굴 표정 묘사가 있는 부분은 거의 인물에 대한 평가가 이루어진다. 관상학적 묘사에서 시작해서 그가 성적인 측면에서, 경제적인 측면에서, 혹은 예술적이거나 순수하게 인간적으로 얼마나 가치가 있는지에 대한 의견으로 끝을 맺는다.

이런 식으로 인물분석을 하는 화자나 극 중 인물은 대체로 교활하고 불쾌하다. 얼굴만 가지고서 사람의 성격을 판단하는 사람이 좋은 성품을 지니기란 쉽지 않은 일이다. 어느 정도 잔인해야 하며 아무도 하지 않으려는 말을 거리낌 없이 할 수 있어야 한다. 그것은 일종의 용기라고도 할 수 있을 텐데, 솔 벨로의 작품은 이런 면에서 언제고 용기가 있다.

그러나 미국 작가들 사이에는 솔 벨로가 해왔던 것처럼 사람의 생김새를 기반으로 성격이나 기질을 추론하는 것을 주저하는 경향이 뚜렷해짐과 함께 이러한 전통이 끝나가는 징조가 이미 만연하다. 더 나아가 돈 드릴로 같은 작가들은 개개인의 얼굴은 이제 더는 중요하지 않다고까지 말한다. 개인에 대한 부적절한 생각들을 기반으로 한 고리타분한 인본주의에 따른 것이라 주장하면서 말이다. 실제로 진짜 개인이 남아 있지 않다면, 구태여 개인의 얼굴을 묘사할 필요도 없지 않겠는가? 얼굴 대신 묘사할 다른 무엇인가를 찾아야 한다. 다음은 돈 드릴로의 1991년 작 『마오 II』의 일부이다.

그는 소년이 문가에 서 있는 것을 알았고 그가 어떻게 생겼을지 상상하면서 피부, 눈, 이목구비, 얼굴이라고 부르는 외양의 모든 측면을 언어로 표현해 보려고 애썼다. 만일 그에게 얼굴이 있다고 말할 수 있다면, 만일 저 후드 아래에 실제로 무엇인가가 존재함을 우리가 믿는다면.

이 인용부에서 얼굴은, 가면 쓰기가 표준이 되어 버린 대중문화 내 인본주의의 잔해가 남긴 무대가 되었다. 드릴로가 언급하고 있는 '후드'는 테러범이 얼굴을 가릴 때 사용하는 스키마스크 같은 것으로, 정체를 가리기 위한 용도이다. 하지만 후드가 벗겨져도, 얼굴은 여전히 의문으로 남는다. 차마 얼굴이라고 부를 수도 없으며, 그것은 그저 '무엇'으로, 차이 없는 다른 대상들에 둘러싸여 있는 하나의 또다른 모호한 대상일 뿐이다. 돈 드릴로의 작품을 통해 우리는 알 수 있는 것이 거의 없는 세상, 더욱이 사람들에 대해서는 더 알 수 없는 세상으로 들어가게 된다. 타자에게 일종의 개인적 차원의 실재는 있을지 모르지만 얼굴에 드러나는 일은 거의 없다. 아니, 사실 그 어디에서도 그렇다.

얼굴을 본다는 것, 그리고 그 실재를 인정한다는 것의 문제는 우리와는 구별된 정체성을 가진 인간의 문제와 연관되어 사람들을 불편하게 만드는 의무의 문제로 이어진다. 대체로 이 의무라는 것은 불쾌하기 마련이며 벗어나기도 어렵다. 이것이 프랑스 철학자 에마뉘엘 레비나스가 얼굴에 대한 명상록에서 되풀이하여 주장한 바다. 내가 이해한 바에 따르면 레비나스는 얼굴은 독특한 물리적 존재로 타자에 대한 주체의 의무를 요구한다고 주장했다. 얼굴은 추상적이지 않다. 암묵적으로 적(敵)의 얼굴을 보고 인식하는 일은 언제고 불가피한 일이다. 또 인간성은, 특히 사회적 위기 상황 속에서 부정하고 싶어 하는 얼굴을 인정할 것을 요구한다.

이러한 명령은 기능상 덜 윤리적인 방식으로, 또 소설에서 극화되고 목격되는 어떠한 사회적 상호작용 속에서 작동한다. 물론 "얼굴이 없는" 군중에 대해 이야기할 수는 있다. 하지만 "얼굴 없는" 소설 혹은 등장인물에 대해 이야기하는 순간, 우리는 불가능한 것에 대해 이야기하고 있는 것이다. 제니퍼 이건의 『나를 봐』나 시리 허스트베트(Siri Hustvedt)의 『내가 사랑했던 것』과 같은 소설은 아직도 남아 있는 얼굴 표정에, 그리고 자기도취적이며 비정상적으로 강박적인 사회에서의 상호간 의

무에 상당한 비중을 두고 있다. 만일 사람들의 얼굴이 가면이 되었다면, 작가로서 우리의 의무는 가능한 한 정성껏 그 가면을 묘사하는 것이라 생각한다.

¤

오늘 아침, 자동차 엔진오일을 교환하기 위해 정비소에 갔다. 차를 점검해 준 남자는 흰 셔츠에 회색 면바지를 입고 있었다. 꽤 짧게 이발을 했고, 큰 덩치는 고등학교 시절 풋볼 선수였거나, 혹은 대학에서 풋볼 선수로 뛰며 정비소에서 아르바이트를 하는 사람의 모습이었다. 그는 잘 정돈된 금색의 턱수염도 있었다. 착실해 보였지만, 최근에 와서야 그런 인상을 갖춘 듯했다. 흰 셔츠의 깃은 목에 너무 꼭 끼었다. 그의 말투는 분명했으며 문장을 마칠 때마다 고개를 뒤로 젖히는 버릇이 있었다. 질문을 할 때는 나를 똑바로 쳐다보았다. 이 사람을 판단할 이유는 없지만, 그것은 내 버릇이기 때문에 어쨌거나 나는 사람을 가늠해 본다. 사실 진짜로 내 눈을 끈 것은 그의 얼굴이 아니라 오른손 두꺼운 집게손가락이었다. 왜냐하면 거기에 머리칼을 흩날리며 비명을 지르는 해골이 새겨진 작은 문신이 있었기 때문이다.

요즈음 대다수의 사람들처럼 나 역시 사람의 첫 인상을 얼굴에서보다는 장신구에서 더 많이 찾는 편이다. 이제 얼굴에서 사라져 찾을 수 없게 된 무엇은 이제 종종 문신에 등장한다. 이러한 나의 관찰은 그러나 만일 내가 정비사와 아무 문제가 없을 경우에, 그러니까 오일 교환을 아무 문제 없이 마치고 비용 지불을 할 경우에는 별 쓸모가 없다. 어떤 차이도 만들어 내지 않는다. 긴장이라는 게 없고 이해 손실이 달려 있지 않을 때 상대가 어떻게 생겼든 누가 신경 쓰겠는가? 오직 긴장감이 고조될 때, 사랑에 빠지거나 위협을 당하거나, 무력으로 제압당할 때에야 비로소 얼굴과 의복과 문신과 개인의 세부사항은 가치를 발하기 시작한다.

이러한 긴장감은 우리가 신뢰하지 않는 사람들 사이에서 모두 여러 차례 느껴 보았을 사회적 불편함에서 비롯된다. 그리고 이 긴장감은 더 커지기 시작한다. 누군가에게 마음이 끌리거나 혹은 물리적 위협을 당할 때 더욱 그렇다. 긴장이나 갈등을 불러일으키는 극적 공간이 제한될수록 얼굴 표정은 더 큰 영향력을 발휘하게 된다. 이런 식의 인간관계에서의 사회적 불편함을 다루는 데 있어 탁월한 작가, 아마도 가장 훌륭한 작가는 마르셀 프루스트인데, 그에게 사회적 불안은 끊임없이 영감을 주는 원천이었다. 프루스트는 속물적 젠체와 서로에 대한 무관심을 잡아내는 것도 역시 잘했지만 그의 익살과 재기는 소설 속의 인물이 두려움 때문에 자신을 드러낼 때 가장 잘 나타낳다. 『잃어버린 시간을 찾아서: 스완네 집 쪽으로』에서 의사 꼬따르를 묘사한 부분을 보자.

꼬따르는 상대방에게 어떤 말투로 대답해야 할지, 또 상대방이 농담을 하는 건지 진담을 하는 건지 도무지 확신을 할 수 없었다. 그래서 만일의 사태에 대비해, 코에 걸면 코걸이 귀에 걸면 귀고리가 될 수 있는 불확실한 미소로 얼굴 표정을 꾸몄다. 형세를 관망하는 미묘한 미소는, 상대방이 농담을 했다고 판명될 때 그가 얼간이 취급을 당하지 않게 해줬다. 하지만 반대되는 상황에도 대처해야 했기에, 그는 단정적으로 미소를 지을 수는 없었으며, 거기에는 끊임없이 어른거리는 불확실성이 깃들어 있었다. "진심으로 하는 말인가요?"라고 물어보면 알 수 있지만 감히 질문할 용기가 없었다. 그렇다고 사람들이 모여 있는 응접실에 있을 때보다 집밖이나 심지어 일상생활에서 자신의 태도에 더 확신이 서는 것은 아니어서, 길가는 사람이나 마차에, 그리고 어디든 그의 태도에서 부적절함을 사전에 면하게 해주는, 다 안다는 듯한 미소로 응대하는 그를 볼 수 있다. 만일 그의 태도가 상황에 부적절하다고 판명된다면 그는 그 사실을 익히 알고 있었음을 증명하며, 그런데도 미소를 가장했다면 그 장난은 자신만의 것이었다.

이 부분은 꼬따르의 얼굴 전체를 묘사하지는 않지만 미소에 대해서는 이야기하고 있다. 꼬따르의 얼굴은 분할되었고 그 과정에서 불안한 미소가 곧 그를 정의한다. 불안정함은 그에게 있어 불가결한 요소이다. 체셔 고양이와 같은 식으로 인물 그 자체의 대리물이 된다. 여기서 꼬따르의 미소가 충분히 그 역할을 하는 이유는 사람들과 함께 있는 자리에서 자신이 우둔하고 어리숙해 보이면 어쩌나 하는 걱정이 그에 대한 모든 것을 압도하기 때문이다. 딱 맞는 순간, 딱 맞는 각도에서 보게 되는 어떤 인물의 얼굴은 우리가 필요로 하는 모든 서브텍스트를 드러낸다. 수면 아래 감춰진 불안 같은 것 말이다. 불안한 미소는 이를테면 말하지 않은 것에의 통로와도 같다. 하지만 그러한 순간들이 인물 전체를 특징짓는 것은 아니며 그렇게 의도된 것 역시 아니다. 여기서는 인물의 성격을 나타내는 지표로 관상학을 사용하지는 않는다. 그러한 순간들은 긴장상태에서의 인간관계, 사회적 상황에서의 어떤 입장이나 거리감을 만들어 낼 뿐이다. 우리는 이제 인물에 대해 말하지는 않지만, 사회적 행위 속에서 반복적으로 나타나는 패턴을 이야기한다.

폴라 팍스는 우리 시대의 그러한 순간들(안드레아 배럿은 당연히 그녀의 소설을 "프루스트풍"이라고 평가했다)을 묘사하는 데 정통하다. 폭스의 소설 『미망인의 자식들』의 도입부는 극적인 공간으로 가득하다. 그 가운데 얼굴 일부는 표면 아래에 어떤 일이 벌어지고 있는지 자각하게 만들며 이는 보통 불행의 전조가 된다. 소설 첫 부분에서 벌어지는 상황은 다음과 같다. 정서적으로 불안정한 딸 클라라는 사악하게 냉담한 어머니 로라, 알코올 중독자 아버지 데스먼드, 동성애자 오빠 카를로스, 풀이 죽은 에디터 친구(지만 애인은 아닌) 피터 라이스와 한 잔하러 호텔로 가는 중이다. 뒤에 가서 우리는 로라가 전날에 일어났던 친어머니의 죽음을 비밀로 하고 있다는 사실을 알게 된다.

이 장면에서 긴장감은 아주 주목할 만하다. 인물들은 한결같이 긴장을 풀려고 애쓰지만, 지독하게 영리한 로라 탓에, 또 술을 너무 많이 마신 탓에, 사슬처럼 이어지는 비밀 탓에, 방에 있는 사람들은 몹시 흥분하여 적의를 품고 두려움을 느끼게 된다. 다스려지지 않는 사악한 기운이 방 안을 떠돌며, 언제고 누구라도 덮치려 한다. 이 모임은 마치 사악한 용들의 칵테일파티 같다.

얼굴 표정은 극적인 면에서 소설의 배경에 구속받지 않는다고 생각할 수도 있을 것이다. 하지만 그렇지 않다. 배경은 이 같은 장면에서 모든 것을 결정하는 그만의 방법이 있다. 폴라 폭스의 소설에서 강조하는 것이 바로, 긴장감이나 갈등을 일으키는 극적 공간의 구조가 무너지거나 혹은 고통스러울 정도로 좁아질 때 얼굴 표정이 가장 중요하다는 점이다. 표정 말고는 볼게 아무것도 없다. 다른 중요한 정보는 모두 배제되었으며, 우리는 맹렬하게 전개되는 사회소설 안에 있다. 등장인물로 북적대는 가운데, 독자들은 출구가 없는 상황에서 그들을 자세히 관찰하고 끊임없이 직시할 수밖에 없다. 그 상황은 이 장면같이 호텔방 혹은 버스나 수용실 안 등 어디든 협소한 공간에서 일어나며, 사람들이 본의 아니게 갇혀서 어떤 이유로든 빠져나갈 수 없게 된다. 팽팽한 긴장감이 감도는 상황에서 압박감은 얼굴에 드러나고 얼굴은 곧 분절되기 시작한다. 이때 독자들은 그들의 얼굴을 상세히 분석할 수 있다.

『미망인의 자식들』은 분절된 얼굴에 대한 예를 많이 들고 있는데, 그 중에서도 특히 눈과 입을 비중 있게 다룬다. 로라는 남편을 냉담한 눈으로 바라본다. 클라라는 호텔에 도착하고 데스먼드는 "술에 취한 미소"로 그녀를 맞이한다. 로라와 카를로스가 클라라를 쳐다볼 때, 클라라는 "두 마리의 독수리가 그녀에게 덤벼드는 것 같은" 인상을 받는다. 미소 짓고 있는 입술 위에 자리하고 있는 두 사람의 "눈은 어쩐지 인간의 눈 같지 않게 두껍게 접힌 눈꺼풀 아래에 깊숙이" 자리하고 있다. 데스먼드는 시꺼먼 콧수염을 기르고 있었고 그의 "입술은 낡은 고무줄처럼" 보인다. 클라라의 친구, 피터 라이스가 등장할 때는 오래된 궁정에서나 맞을 시대에 뒤떨어진 방식으로 소개된다. "그의 가는 머리털은 회색이었고, 이목구비는 좁고 길었으며, 안경 너머의 창백하고 푸른 눈동자는 온화했다. 그는 두 장의 커다란

압지에 눌려 활력을 빼앗긴 사람처럼 깨끗하고 꾸밈이 없어 보이는 느낌을 주었다."

장면이 진행되면서 우리는 몸짓과 연결되어 있는 얼굴에 대한 모든 세부적 사항을 알아차리게 된다. 또한 속삭이는 소리에서부터 새된 고함소리까지 인물들이 정확히 어떻게 말을 하게 되는지 세세히 알게 된다. 이것은 완전히 **연출된** 소설이다. 말인즉슨, 소설에서 연출은 극도로 세분화되어 있어, 당신이 배역을 정하고, 배우들을 무대에 세우고, 동작을 중단시키고, 화자의 대사 읽기 연출을 지시할 수도 있다는 것이다. 하지만 연출에 대한 강조는 표면적으로 보이는 것들뿐만이 아니라 서브텍스트와 폐소공포증 같은 느낌을 위함이다. 얼굴과 몸짓에 대한 세부적 요소는 점차 쌓이기 시작한다. 피터가 로라를 안았을 때 그녀의 뺨은 "분을 바른 듯 건조했다. 그것은 재, 낙엽, 돌 등 그가 바랐던 모든 건조함이었다". 얼굴 표정은 통합되고 섞이기 시작한다. 데스먼드는 "호전적이면서도 소심한" 표정을 짓고, 로라는 화가 났을 때 "눈을 찡그리면서 웃는다". 공황상태에 빠질 때 피터의 얼굴은 "마치 뻣뻣한 손으로 잡아당길 때 억지로 피하는 사람처럼 기묘하게 늘어나 보였다". 클라라는 자신의 얼굴이 "악의를 품은 흉측한 미소"로 일그러진다고 의식한다. 매우 주의 깊은 독자라면 이 같은 묘사를 통해 얼마나 자주 눈이 입술을 부정하고 있는지 눈치 챌 수 있을 것이다. 여기서 얼굴은 '흉측한 미소' 혹은 '유쾌한 찡그림'처럼 일종의 이중 부정을 나타내는 표현형식이 된다.

폴라 팍스는 얼굴 표정이 전달하는 해악에 대해 동시대 미국의 어떤 작가보다도 정통해 보인다. 예를 들어, "포동포동한 쿠션 세 개를 붙여 놓은 듯한 입술과 크고 거무스름한 이빨, 그리고 그 뒤에서 따발총처럼 움직이는 그녀의 끈적거리는 혓바닥"으로 로라의 미소를 소름끼치게 상세하게 표현하면서 어떻게 서브텍스트가 애초에는 해가 없어 보이는 미소에 의미를 추가할 수 있는지 또 어떻게 미소가 한 순간에 악의에 찬 경련으로 변할 수 있는지를 잘 묘사하고 있다.

팍스가 미시간 대학에 석사 과정의 학생들을 위한 글쓰기 수업에 강의를 하러 갔을 때, 한 학생이 『미망인의 자식들』 가운데 바로 이 장면에 대해 얼마 되지 않는 요소로 어떻게 그렇게 강렬하게 표현할 수 있는지를 물었다. 그 학생은 얼굴과 몸짓에 매우 집중해서 이 같은 효과를 낳는 방법을 어떻게 배우게 되었는지 알고 싶어 했다. 팍스는 그것은 작가의 기법을 넘어선 것이라 대답했다. 그녀는 어렸을 때 누구에게도 환영받지 못했기 때문에 여러 위탁가정을 거쳤고 늘 끼니를 걱정했다고 한다. 그리고 자신의 어머니와 함께 있을 때는 저녁도 먹지 못하고 쫓겨날지, 술을 뒤집어쓸지 혹은 비위를 맞추어야 할지 몰랐다고 한다. 수업에서 그녀는 이렇게 말했다. "그 같은 경험은 남의 눈치를 살피게 했습니다. 다른 사람을 경계하는 습관이 책에 녹아든 것이지요."

소설은 한때 다른 사람의 얼굴을 관찰하면서, 바로 그 얼굴에서 **시작되었다**. 그런 전통은 여전히 살아 있을까? 딱 잘라 말하기는 어렵다. 작가가 얼굴을 묘사하든 말든 그것이 무슨 상관이 있느냐고 비판하는 사람도 있을 것이다. 여기에 뭔가 중요한 점이라도 걸려 있을까? 누가 신경을 쓸 것이며, 세상이 돌아가는 데 어떤 영향을 미칠 것인가? 요즘 세상에 얼굴에 신경쓰는 사람이 누가 있을까? 폴라 팍스의 말처럼 얼굴 표정을 살피는 일이 여전히 살아남기 위한 기술일까? 만일 그렇다면, 누구에게 그럴까?

안톤 체호프의 짧은 소설 『무명씨 이야기』의 화자는 상트 페테르부르크에서 진실한 얼굴은 필요하지 않음을 알아차린다. "평범한 표정에 대해 묘사할 필요는 전혀 없다. … 이곳에서 사람들의 표정은 아무런 의미를 더하지 않으며, 사랑 문제에 있어서도 그렇다."

공교롭게도 문학작품의 사례나 인생에서 얼굴은 여전히 우리의 감정과 의무에 대해 답을 해야 할 곳이다. 만일 레비나스가 얼굴은 인정과 의무가 시작되는 곳이며, 얼굴은 결코 추상적인 것이 아니라 주장한다 해도, 여전히 머지않아 그 같은 기술을 기꺼이 버리는 사람들이 있을 것이다. 타인의 얼굴은 **불편한 것**이 되고 만다. 이 같은 상황에서 꾸밈 없는 얼굴, 패자의 얼굴, 약한 사람의 얼굴, 그리고 길을 잃은 사람의 얼굴은 볼 필요도 없고 그들의 인간성을 인정할 필요도 없다. 구태여 신경 쓸 필요가 있겠는가. 그들은 패자들인데.

아름다움에 대한 현대인들의 집착은 악성 이데올로기가 되었다. 아름다움은 마케팅 수법으로 어디에서나 사용된다. 몽테뉴는 못생기고 사진이 잘 받지 않는 사람들은 어쩌면 다정하고 현명한 사람들이며, 우리의 삶에 그들의 존재가 필요하다고 말할 것이다. 처음에는 몹시 개인적이었던 것이 결국은 확장된다. 그 어떤 상황에서도, 사랑할 때, 배반할 때, 불안과 위협이 감지될 때, 비탄에 잠겨 있을 때, 우울하거나 고뇌할 때, 심지어 정치적인 결정을 내릴 때도, 얼굴이 아니면 무엇을 본단 말인가? 거기서 우리는 무엇을, 혹은 누구를 알아봐야 하는 것일까?

타자를 보지 않는다면, 우리는 우리 스스로를 문명인이라 말할 수 있을까? 만일 그렇다면, 무엇에 기반해서? 힘 없는 사람들은 살아남기 위해서, 필요에 의해 힘 있는 사람들의 얼굴 표정을 살펴야 한다. 하지만 힘 있는 사람들은 어떤 경우에도 약자의 얼굴을 인정할 필요성을 느끼지 않는다. 하지만 만일 필요성을 느낀다면 그것은, 그렇지 않고서는 눈에 띄지 않을 수도 있는 인간성과 관련한 것을 알아보기 위해서이다.

마지막 질문. 만일 우리가 얼굴과 서브텍스트를 버린다면, 이야기는 어디에 있는가? 어쩌면 옷가지나 무기 혹은 자동차에, 그리고 폭발물, 신발, 수영장, 섹스와 무기의 위력에, 혹은 겉만 번드르르한 복제품과 그것으로 먹고사는 상업이라는 야수의 세상에 있을지도 모른다. 하지만 이야기를 인간다운 인간에 대한 이야기로 만들려 한다면, 그들 뒤에서 어슬렁거리며 따라다니는 모든 천사, 악마와 함께 살고 죽을 수 있는 사람들에 대한 이야기를 만들려고 한다면, 간단히 말해 영혼이라는 아주 오래된 것이 있는 사람들이라면, 후드 아래에 있는 **그 무엇**—이것을 얼굴이라고 부르자. 쑥스러워할 것 없다—이 없이는 이야기를 만들 수 없을 것이다.

여기 『존 치버의 일기』에서 한 단락을 소개한다. 얼굴에 관한 이야기로, 못생긴 젊은이가 기차로 도착하는 누군가를 만나기 위해 머리를 빗고 있는 장면이 그 모든 것을 말해 준다.

그리고 여기 그 얼굴이 있다. 내게는 가장 중요한 경험이지만 자꾸만 잊어버리는 얼굴이다. 나는 기차로 도착하는 사람을 기다리고 있다. 오후가 끝나가고 있었고 기차는 늦어지고 있다. 택시 운전사는 차에서 내린다. 상당히 젊어 보인다. 하지만 특이한 점이라고는 없다. 그는 못생겼다. 춤을 추러간 적이 있었다면—그럴 일은 없었겠지만—데이트 상대를 찾느라 꽤 힘들었을 것이다. 이미 말한 바와 같이 다시 만날 가능성이 거의 없는 이 낯선 사람에게 나는 예전의 군대 수송열차처럼 부피 크고 많은 짐으로 근심을 지운다. 그는 아내, 딸, 어머니, 술고래 아버지와 살고 있을까? 혼자 살까? 은행에 잔고는 적을까? 물건은 클까? 속옷은 깨끗할까? 주사위는 낮게 던질까? 치과 치료비는 갚았을까?──아니면 치과에 가본 적이나 있을까? 우리는 환한 낮에 멀리서 쓸데없이 불을 밝히며 들어오는 기차의 불빛을 바라본다. 이때, 그는 주머니에서 빗을 꺼내 머리를 빗는다. … 이 몸짓에서 내가 진정으로 보는 것은 그 남자로, 그의 실체, 그의 자주성이다. 그의 못생긴 얼굴에서 평온함을 반영하지 않는 속도의 아름다움을 본다. 여기, 이 머리를 빗는 이 몸짓 안에는 태연자약함이라는 경이가 있다. 그리고 그로 인한 전율은 상호적인 것으로, 내 보기엔 바로 그것이 삶을 이해하는 방법인 것 같다.

옮긴이 후기

번역을 하는 동안 나는 처음으로 '아, 나도 소설을 쓰고 싶다'는 마음이 일었다. 그것도 남의 말을 귓등으로 듣고 강박에 사로잡혀 모든 것을 자신의 문제로 만들며 요란을 떠는 드라마 퀸이나 별것 아닌 일로 꼬투리를 잡거나 매사에 자기 중심적인 가족, 친구, 애인, 직장 상사를 모델로 해서 말이다. (우리 주변에 이런 사람 한 명쯤은 늘 있지 않던가.) 이 책을 번역하지 않고 소설을 썼다면 내가 현실에서 되고자 하는 멋지고 흠잡을 데 없는 인물을 주인공으로 삼았을 것이다.

처음에는 단순히 이 책이 서브텍스트 읽기에 관한 것이라고만 생각했다. 서브텍스트는 이러이러한 것이며, 그것을 파악해야만 작가의 의도에 근접할 수 있으므로 서브텍스트가 떠오르는 부분——이를테면 주제에서 벗어난 말이라든가 불안한 내면 세계를 나타내는 불필요해 보이는 세부 묘사 등——을 주목해 보는 법을 가르쳐 주는 책이라 생각했다.

이 책에서 저자는 서브텍스트를 플롯을 넘어서 독자들의 상상력을 끊임없이 자극하는 "넌지시 암시되고, 일부만 보이며, 말로 표현되지 않는 부분"이라고 정의한다. 그는 보이면서 보이지 않는 듯, 알 듯 모를 듯한 이 모호한 영역으로 우리를 안내하기 위해 우리에게 익숙한 문학 작품 몇몇을 선택하여 중요한 부분을 자세히 읽으면서 서브텍스트가 드러나는 방식을 설명하고 있다. 그런 면에서 이 책은 '서브텍스트 읽기' 책이 맞다.

하지만 거기에서 멈추지 않는다. 저자는 작가들이 독자들의 상상력을 자극하는 좋은 글을 쓰려면 서브텍스트를 적극 이용해야 한다고 주장한다. 그래서 이 책은 서브텍스트를 이용해서 멋진 소설을 쓰려고 하는 작가 혹은 작가 지망생을 위한 책이다. 모든 작가들이 그런 것은 아니지만 작가들을 비롯해, 우리는 보통 서브텍스트가 무엇을 의미하는지 대강 짐작은 하고 있다. 찰스 백스터는 서브텍스트가 진정 무엇인지 알아야 하며 그것을 등한시해서는 안 된다고 말한다.

서브텍스트가 모습을 드러내는 방식을 설명하면서 저자는 『모비딕』이나 『위대한 개츠비』와 같은 유명한 고전, 현대 단편의 거장 체호프, 파워스, 리처드 바우시, 플래너리 오코너 등의 디테일이 살아있는 놀라운 현대의 단편, 그리고 영화, 연극을 비판적인 눈으로 분석하면서 어떤 식으로 서브텍스트가 연출되었는지를 보여 준다.

찰스 백스터는 독특한 작품을 여럿 소개하고 있는데, 그 가운데에서도 베르나르도 아차가의 『오바바 마을 이야기』는 내게는 생소한 작품이다. 이야기 안에서 주인공인 에스테반은 자신이 글을 쓰는 서재를 소개하고 있으며, 저자는 에스테반의 내면을 은유적인 세계와 비은유적인 세계로 나누며 서브텍스트와 텍스트가 어떤 식으로 활용되었는지 보여 준다.

사실 나는 에스테반뿐만 아니라 위대한 작가들이 상상력을 분출시키기 위해 자신들을 스스로 옭아맸다는 점에 더 흥미를 느꼈다. 위대한 문인들과 견줄 만한 작가적 상상력은 아니더라도 나 자신도 번역을 하려면 (혹은 역자 후기를 쓰려면) 더는 게으름을 피우지 않고 일을 할 수밖에 없는 특정한 장소로 가야 하기 때문이다. 유명한 작가들이 글을 쓰려고 자신들을 구속한다는 사실이 조금 위안이 되기도 한다. 장소 이야기가 나왔으니 말인데 백스터는 "울타리"는 작가들의 상상력이 솟구쳐 나오기 좋은 장소이고, 협소한 공간은 작품 속 인물들의 내면 세계로 들어 가는 길을 보여 주기 좋은 장소가 되기에 작가들에게 늘 유리하다고 귀띔하면서 로버트 프로스트의 인상적인 시 「가족의 매장」을 예로 든다.

번역을 하는 동안 책에서 소개하는 작품을 꽤 읽었다. 『위대한 개츠비』도 그 가운데 하나이다. "서브텍스트 읽기"의 기적인지 이번에는 재미가 없다고 생각하고 대충 읽었던 부분을 공들여 읽었다. 닉 캐러웨이가 데이지를 만나는 부분으로 바람 때문에 커튼이 천장에 "깃발처럼" 나부끼고 데이지와 조던 베이커는 열기구라도 탄 것처럼 허공에 "둥실둥실" 떠 있다가 톰 뷰캐넌이 창을 닫자 두 여자가 바닥으로 내려앉는(?) 장면이다. (2013년에 다시 제작된 영화에서 바즈 루어만 감독도 이 장면이 중요하다고 판단했는지 시간을 꽤 할애해 환상적으로 연출하고 있다.) 소설에서 의미없이 쓰인 부분이 있을 리 만무하겠지만 나는 여태까지 그 장면을 수동적으로 읽었고 결과적으로 큰 의미를 찾지 못했다. 그런데 이번에는 이 장면에 대한 견해를 갖게 되었다. "무엇에든 흥미를 느끼려면, 그저 그것을 오랫동안 보기만 하면 된다"더니 맞는 말이다.

『위대한 개츠비』를 읽고 보면서 나는 "우리의 길벗" 닉의 방관자적인 입장도 늘 마음에 들지 않았는데, 다시 책을 자세히 읽으면서 스콧 피츠제럴드가 그런 의문에 대비해 책 첫머리부터 닉 캐러웨이를 위해 해명을 해놓았다는 사실을 발견하게 되었다. 놀라운 일 아닌가? 의문이 하나씩 밝혀지다니. 내가 이 소설을 썼다면 닉을 개츠비에게 진심어린 조언을 하는 인물로 그렸을지도 모른다. 찰스 백스터는 그런 생각을 하는 내게 삶과 소설을 구별하라고 조언을 한다. 몇몇 의문점은 풀렸지만 아직도 내게 이 책은 숙제와도 같다.

끝으로, 플래너리 오코너의 짧지만 충격적인 단편 「좋은 사람은 찾기 어렵다」를 언급하지 않고 갈 수는 없다. 저자의 말대로 오코너의 단편을 처음 접하는 독자들을 "충격에 빠뜨리는 경향"이 내게도 고스란히 전해졌다. 찜찜한 B급 영화를 본 듯했다. 그녀의 글은 그야말로 '도끼'와도 같았다. 그것이 나 자신의 삶을 아는 것으로 이어질지는 미지수이지만.

그러나 그 표적들을 향해 쏘아올린 화살들은 모두 엉뚱한 곳으로 날아가 꽂혔다. 난데없는 곳으로 날아가 비로소 제대로 꽂히는 것, 그것이 바로 문학이다.

김영하 작가가 『위대한 개츠비』를 번역을 하고 해설을 하면서 끝맺은 말이다. 그의 말은 찰스 백스터가 말하는 서브텍스트와 맞닿아 있는 것 같다. 나는 김영하 작가의 마지막 몇 마디를 바꾸면서 후기를 끝내려고 한다. "난데없는 곳으로 날아가 비로소 제대로 꽂히는 것, 그것이 바로 서브텍스트이다"로.

2016년 7월

김영지

저자가 이야기하는 책들

1. 연출의 기술

- 베르나르도 아차가, 『오바바 마을 이야기』, 송병선 옮김, 현대문학, 2011
- 플라톤, 『국가론』, 이환 옮김, 돋을새김, 2014
- 제임스 조이스, 「죽은 사람들」, 『더블린 사람들』, 한일동 옮김, 펭귄클래식코리아, 2010
- 라이너 마리아 릴케, 「오르페우스에게 바치는 소네트」, 『두이노의 비가 외』, 김재혁 옮김, 책세상, 2000
- 로버트 프로스트, 「가족의 매장」, 『불과 얼음』, 정현종 옮김, 민음사, 1973
- 존 밀턴, 『실낙원』, 조신권 옮김, 문학동네, 2010
- 리처드 바우시, 「세상처럼 느껴지는 것」(Richard Bausch, "What Feels Like the World", *The Selected Stories of Richard Bausch*, Modern Library, 1996)

---

* 저자가 본문에서 언급하고 있는 책들을 언급한 순서대로 정리했습니다. 국내에 번역 출간된 책은 ■로, 국내에 미출간된 책은 우리말 번역과 원서정보를 함께 싣되 □로 표시하였습니다. 단편의 경우, 그 단편이 수록되어 있는 책 제목을 함께 실었습니다.

2. 숨은 의미 찾기

- 피터 브룩스, 『플롯 찾아 읽기』, 박혜란 옮김, 강, 2011
- 허먼 멜빌, 『모비딕』, 김석희 옮김, 작가정신, 2011
- F. 스콧 피츠제럴드, 『위대한 개츠비』, 김석희 옮김, 열림원, 2013
- □ 워커 퍼시, 『영화구경꾼』(Walker Percy, *The Moviegoer*, Vintage, 1998)
- 앙드레지드, 「전원교향곡」, 『좁은문/전원교향곡/배덕자』, 동성식 옮김, 민음사, 2015
- 피넬로피 피츠제럴드, 『푸른 꽃』, 김진준, 문학사상사, 1999
- 닉 혼비, 『하이 피델리티』, 오득주 옮김, 문학사상사, 2014
- F. 스콧 피츠제럴드, 『밤은 부드러워』, 공진호, 시공사, 2014
- 지그문트 프로이트, 「성공했기 때문에 실패하는 사람들」, 『예술, 문학, 정신분석』(프로이트 전집 14), 정장진 옮김, 열린책들, 2004
- 윌리엄 셰익스피어, 『맥베스』, 김강 옮김, 펭귄클래식코리아, 2014
- □ 윌라 캐더, 『내 철천지 원수』(Willa Cather, *My Mortal Enemy*, Vintage, 1990)
- 존 치버, 「헤엄치는 사람」, 『사랑의 기하학』, 황보석 옮김, 문학동네, 2008
- 프란츠 카프카, 『성』, 오용록 옮김, 솔출판사, 2000
- □ J.F 파워스, 「사나운 여인」, 『단편집』(J.F. Powers, "The Valiant Woman", *The Stories of J.F. Powers*, NYRB, 2000)
- 안톤 파블로비치 체호프, 『개를 데리고 다니는 부인』, 오종우 옮김, 열린책들, 2009
- 플래너리 오코너, 『오르는 것은 모두 한데 모인다 외』, 고정아 옮김, 현대문학, 2014

3. 들리지 않는 선율

▫ 쇠얀 키르케고르, 『철학적 단편』(Søren Kierkegaard, *Philosophiske Smuler, Eller, En Smule Philosophi*, Saraswati Press, 2012)

▫ 토니 커시너, 『미국의 천사들』(Tony Kushner, *Angels in America*, Nick Hern Books, 2007)

■ 윌리엄 트레버, 「토리지」, 『그 시절의 연인들 외』, 이선혜 옮김, 현대문학, 2015

■ 유진 오닐, 『밤으로의 긴 여로』, 민승남 옮김, 민음사, 2002

▫ 이블린 워, 『브라이즈헤드의 재방문』(Evelyn Waugh, *Brideshead Revisited*, Back Bay Books, 2012)

▫ 윌리엄 개디스, 『인식』(William Gaddis, *The Recognitions*, Dalkey Archive Press, 2012)

▫ 로리 무어, 『자기계발』(Lorrie Moore, *Self-Help*, Vintage, 2007)

▫ _____, 「다른 여자가 되는 방법」, 「너도 못생겼잖아」(Lorrie Moore, "How to Be an Other Woman", "You're Ugly, Too", *The Collected Stories*, Faber and Faber, 2000)

▫ _____, 「여기엔 저런 사람들밖에 없어」(Lorrie Moore, "People Like That Are the Only People Here", *Birds of America: Stories*, Vintage, 2010)

▫ 로버트 스톤, 「모호한 물병자리」(Robert Stone, "Aquarius obscured", *Bear and His Daughter : Stories*, Houghton Mifflin Co., 1997)

■ 토머스 하디, 『더버빌가의 테스』, 유명숙 옮김, 문학동네, 2011

▫ 폴라 팍스, 『미망인의 자식들』(Paula Fox, *The Widow's Children*, W. W. Norton & Company, 1999)

4. 어조와 호흡

- 마이클 크라이튼, 『쥬라기 공원』, 정영목 옮김, 김영사, 1991
- 윌리엄 포크너, 『소리와 분노』, 공진호 옮김, 문학동네, 2013
- 안톤 파블로비치 체호프, 「바냐 아저씨」, 『체호프 희곡선』, 박현섭 옮김, 을유문화사, 2012
- 캐서린 앤 포터, 「기울어진 탑」(Katherine Anne Porter, *The Leaning Tower and Other Stories*, Harcourt, Brace and Company, 1944)
- 유도라 웰티, 『자선시설 방문』(Eudora Welty, "A Visit of Charity", *The Collected Stories of Eudora Welty*, Harcourt Brace, 1982)
- 사무엘 베케트, 『고도를 기다리며』, 오증자 옮김, 민음사, 2000
- 조지 손더스, 「시 오크」(George Saunders, "Sea Oak", *Pastoralia*, Riverhead Books, 2001)
- 제임스 앨런 맥퍼슨, 『크랩케이크』(James Alan McPherson, *Crabcakes: A Memoir*, Free Press, 1999)

5. 장면 만들기 혹은 소란 피우기

- 브렌다 유랜드, 『글을 쓰고 싶다면』, 이경숙 옮김, 엑스북스, 2016
- 표도르 도스토옙스키, 『죄와 벌』, 홍대화 옮김, 열린책들, 2009
- ____, 『악령』, 김연경 옮김, 열린책들, 2009
- ____, 『카라마조프 가의 형제들』, 김연경 옮김, 민음사, 2012
- 어니스트 헤밍웨이, 「흰 코끼리 같은 언덕」, 『헤밍웨이 단편선1』, 김욱동 옮김, 민음사, 2013
- 존 치버, 「다섯 시 사십팔 분」, 『돼지가 우물에 빠졌던 날』, 황보석 옮김, 문학동네, 2008
- □ 리처드 바우시, 「벨 스타를 알았던 남자」(Richard Bausch, "The Man Who Knew Belle Starr", *The Selected Stories of Richard Bausch*, Modern Library, 1996)
- □ 에드워드 P. 존스, 「젊은 사자들」, 「론다 퍼거슨이 살해된 밤」, 『도시에서 길을 잃다』(Edward P. Jones, "Young Lions", "The Night Rhonda Ferguson Was Killed", *Lost In The City*, Amistad, 2012)

6. 얼굴의 상실

- 미셸 드 몽테뉴, 「인상에 대하여」, 『몽테뉴 수상록』, 손우성 옮김, 동서문화사, 2012
- 월트 휘트먼, 『민주주의의 전망』(Walt Whitman, *Democratic Vistas*, University Of Iowa Press, 2009)
- 너대니얼 웨스트, 『메뚜기의 하루』, 이종인 옮김, 마음산책, 2002
- 토마스 하디, 『귀향』, 정병조 옮김, 을유문화사, 1988
- 헨리 제임스, 『여인의 초상』, 정상준 옮김, 열린책들, 2014
- 윌리엄 포크너, 『성역』, 이진준 옮김, 민음사, 2007
- 플래너리 오코너, 『현명한 피』(Flannery O'Connor, *Wise Blood*, Farrar, Straus and Giroux, 2007)
- 솔 벨로, 『허조그』, 이태동 옮김, 펭귄클래식코리아, 2011
- 제임스 아틀라스, 『솔 벨로』(James Atlas, *Bellow:A Biography*, Modern Library, 2002)
- 솔 벨로, 『훔볼트의 선물』(Saul Bellow, *Humboldt's Gift*, Penguin Classics, 2008)
- 돈 드릴로, 『마오II』, 유정완 옮김, 창비, 2011
- 제니퍼 이건, 『나를 봐』(Jennifer Egan, *Look At Me*, Anchor, 2002)
- 시리 허스트베트, 『내가 사랑했던 것』, 김선형 옮김, 뮤진트리, 2013
- 마르셀 프루스트, 『잃어버린 시간을 찾아서1: 스완네 집 쪽으로』, 김희영 옮김, 민음사, 2012
- 안톤 체호프, 『무명씨 이야기』(Anton Pavlovich Chekhov, *The Story Of A Nobody*, Alma Books, 2014)
- 존 치버, 『존 치버의 일기』, 박영원 옮김, 문학동네, 2016

히에로니무스 보스, 「세속적 쾌락의 동산」

서브텍스트 읽기: 이야기는 어디에 있는가

지은이 찰스 백스터 | **옮긴이** 김영지 | **발행인** 유재건 | **펴낸곳** 엑스북스

주간 임유진 | **편집** 방원경, 신효섭, 홍민기 | **마케팅** 유하나

디자인 권희원 | **경영관리** 유수진 | **물류유통** 유재영, 이다윗

등록번호 105-87-33826호 | **주소** 서울시 마포구 와우산로 180, 4층

대표전화 02-334-1412 | **팩스** 02-334-1413 | **이메일** editor@greenbee.co.kr

초판 3쇄 발행 2020년 6월 22일

엑스북스(xbooks)는 (주)그린비출판사의 책읽기·글쓰기 전문 임프린트입니다. 이 도서의 국립중앙도서관 출판예정도서목록(CIP)은 서지정보유통지원시스템(http://seoji.nl.go.kr)과 국가자료종합목록구축시스템(http://kolis-net.nl.go.kr)에서 이용하실 수 있습니다.(CIP제어번호: CIP2016020554)
책값은 뒤표지에 있습니다. 잘못 만들어진 책은 구입처에서 바꿔 드립니다.
ISBN 979-11-86846-07-0 03800